Tagebuch der (Un)Schuld

Von Sabine Schubert

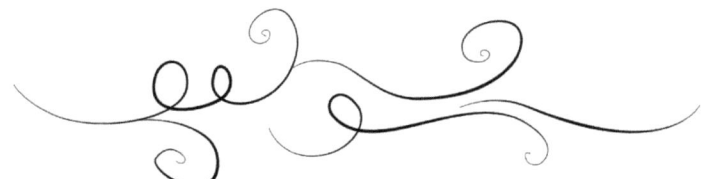

Tagebuch

der

(Un)Schuld

Sabine Schubert

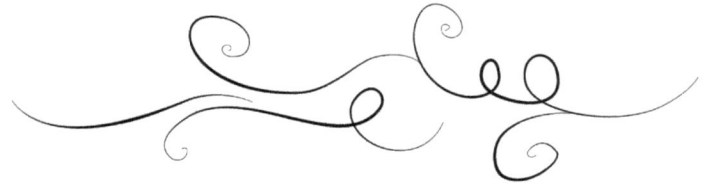

Bibliografische Information der Deutschen Nationalbibliothek: Die Deutsche Nationalbibliothek verzeichnet diese Publikation in der Deutschen Nationalbibliografie; detaillierte bibliografische Daten sind im Internet über http://dnb.dnb.de abrufbar.

© 2019 Sabine Schubert
Herstellung und Verlag:
BoD – Books on Demand, Norderstedt

ISBN: 9783743165809

Inhalt

03. August
- *Jack O'Neil*   *9*

04. August
- *Duncan Nightham*   *13*
- *Susanne Edith (Sue) Alderten*   *15*
- *Heather Wilkinson*   *20*
- *Kenneth Hadley*   *23*
- *Byron McLoad*   *27*
- *Adeline Alderten*   *33*
- *William Alderten*   *38*
- *Finnegan McLoad*   *41*

05. August
- *Neele Blackford*   *44*
- *Duncan Nightham*   *48*
- *Susanne Edith (Sue) Alderten*   *54*
- *Kenneth Hadley*   *59*
- *Heather Wilkinson*   *68*
- *Adeline Alderten*   *75*
- *Emily Nightham*   *80*
- *Byron McLoad*   *87*

06. August
- *Brandon Nightham*   *91*
- *Susanne Edith (Sue) Alderten*   *96*
- *Adeline Alderten*   *108*
- *Kenneth Hadley*   *114*
- *William Alderten*   *127*
- *George*   *133*

07. August
- *Scarlett Wright* — *140*
- *Sarah* — *146*
- *Susanne Edith (Sue) Alderten* — *151*
- *Adeline Alderten* — *156*
- *William Alderten* — *164*
- *Emily Nightham* — *169*
- *Finnegan McLoad* — *174*
- *Adeline Alderten* — *180*
- *William Alderten* — *187*

08. August
- *Scarlett Wright* — *192*
- *Lee Eltringham* — *203*
- *Kenneth Hadley* — *209*
- *Witwe Barlow* — *223*
- *Byron McLoad* — *231*
- *Edward (Ed)* — *237*

09. August
- *Jack O'Neil* — *243*
- *William Alderten* — *248*
- *Scarlett Wright* — *257*
- *Heather Wilkinson* — *264*
- *Elizabeth Hadley* — *272*

Auflösung
- *Die Theorie* — *278*
- *Tagebuch der Schuld* — *284*

03. August

Jack O'Neil

(Assistent von Byron McLoad)

Ich habe es getan!

Und ich schäme mich nicht dafür! Heute, an diesem verregneten Herbsttag, habe ich endlich den Mut gefunden, mein so lange ersehntes und geplantes Vorhaben in die Tat umzusetzen.

Es war schon beinahe Feierabend, als sich endlich die Gelegenheit, auf die ich gewartet habe, vor mir ausbreitete. Ich musste in den Laden gegenüber, um Byron die Zeitung zu besorgen. Beim Reinkommen sagte er, er habe es am Morgen nicht geschafft und der Laden würde jeden Moment schließen. Ich sollte mich beeilen, lautete die Anweisung.

Byron ist einer der Menschen, die ich verabscheue, er beweist es mir immer wieder. Er besitzt mehr Land, als ein Mensch allein braucht, und mehr Geld, als ein Mensch allein jemals ausgeben könnte. Gut, er hat mir geholfen, als ich am Boden lag, aber nach fünf Jahren, die ich Tag und Nacht für ihn schufte, könnte er langsam aufhören, mir meinen Absturz immer wieder vorzuhalten. Er selbst hat das Vermögen schließlich auch nicht verdient, sondern geerbt. Und dass ein Brand mein Haus, meine Felder und all mein Hab und Gut verschluckt hat, ist doch nicht meine Schuld. Ich habe das Feuer damals schließlich nicht gelegt und arbeite hart daran, mich wieder aufzurichten und auf eigenen Beinen zu stehen.

Sei's drum. Ich werde den arroganten Schnösel wohl noch einige Jahre mehr ertragen müssen. Immerhin zahlt er regelmäßig. Und wenn er mir befiehlt, in dem Laden gegenüber die Zeitung zu kaufen, dann spurte ich mich natürlich. Und zwar sofort, obwohl die Zeitung keinen Grund an meiner Eile hat.

Die schöne Charlotte ist es, die mein Interesse geweckt hat. Sie ist so wunderschön, ein echtes Meisterwerk Gottes. Allein ihr Lächeln, mit dem sie jeden neuen Besucher in ihrem Geschäft empfängt, sollte entlohnt werden. Und faulen Äpfel in meinem

Munde, schmeckt es auf meinen Lippen wie süßester Sirup, nur weil sie mich ansieht. In ihren dunklen Augen liegt etwas Geheimnisvolles und Verbotenes.

Vielleicht ist es auch der Reiz des Unerreichbaren. Ich beobachte schon lange vom Fenster aus, wie Heerscharen gutgekleideter Männern in das Geschäft hineingehen und mit nur wenig gekauften Artikeln wieder herauskommen. Eigentlich brauchen sie gar nichts aus dem Laden, aber sie können dem sirenenhaften Lockruf Charlottes nicht entrinnen. Und lässt jeder Kunde nur einige Penny bei ihr, genügt es doch, dass sie ständig neue Waren anbietet. Sähe es in meinem Geldbeutel nur ein bisschen besser aus, würde ich mich in die lange Schlange der Wartenden einreihen, nur um von ihr angelächelt zu werden.

Und nun endlich, habe ich es einfach getan!

Mit schlotternden Knien überquerte ich die Straße, musste noch zwei Kutschen durchlassen, und öffnete dann die Tür zu *Charlottes small Corner*. Ein helles Glöckchen, ich hatte es schon oft gehört, verbreitete in süßem Klang die Ankündigung eines neuen Kunden. Charlotte kam aus dem Hinterzimmer mit dem hinreißenden Lächeln im Gesicht, das ich so an ihr mag.

„Jack. Was verschlägt dich so spät noch her?", fragte sie mich und wie immer fing ich an zu schwitzen. Draußen war es frisch und ungemütlich, aber in ihrer Gegenwart wird mir jedes Mal heiß.

Ich fragte sie nach einer Zeitung für Byron und sie hatte noch genau eine unter der Theke liegen. Der Glockenschlag kündigte das Ende ihres Arbeitstages an und sie drehte in der Tür das Schild herum. Wir waren ganz allein. Nur sie, ich und der prasselnde Regen vor der Tür. Blitze hellten die schmale Straße auf, aber in der Schlucht hoher Häuser und bei so dichtem Regen schaffte es keiner der Blitze, dass ich mehr als Schemen erkennen konnte. Die Schleier des starken Regens flossen wie blickdichte Wasserfälle an den Scheiben des Ladens hinab. Niemand konnte uns sehen und niemand konnte uns hören ...

04. August

Duncan Nightham

(Bäcker)

Was für ein Tag!

Wie immer am Vormittag wollte ich in *Charlottes small Corner* die Zeitung kaufen. Seit den ersten Sonnenstrahlen verlangen die Menschen nach frischem Brot. Ich stand Stunden vorher schon mit meinem Sohn in der Backstube und wollte endlich zum Frühstück etwas Ruhe und die Zeitung lesen!

Da war der Laden doch tatsächlich zu!

Was für eine Frechheit!

Vermutlich hatte die feine Lady keine Lust, aufzustehen! Seit die den Laden übernommen hat, kann ich meinen Jungen ja nicht mehr hinschicken! Der würde erst zum Abend zurückkehren, wenn überhaupt. Alle Männer der Straße kennen nur noch ein Gesprächsthema! Charlotte hier, Charlotte da, Charlotte, Charlotte, Charlotte … Ich kann den Namen nicht mehr hören!

Und jetzt, mitten am Vormittag sperrt die den Laden zu. Na ja, wer es sich leisten kann … Wer weiß denn schon, womit die ihr Geld wirklich verdient? Deshalb lasse ich ja meinen Brandon nicht mehr zu ihr. Die würde dem armen Kerl sämtliche Sinne vernebeln und den letzten Penny aus der Tasche ziehen!

Ich würde es Gott danken, wenn er unsere Straße, unser Viertel, von diesem bezirzenden Weibsbild befreite.

Susanne Edith (Sue) Alderten

(Tochter des Gutsbesitzers)

Ich bin so aufgeregt. Morgen treffe ich mich mit Brandon Nightham zum Picknick am Fluss. Vater reist heute Abend ab und kommt erst in drei Tagen zurück. Das ist unsere Chance, uns außerhalb unseres Verstecks zu treffen. Brandons Vater ist viel zu sehr mit der Backstube beschäftigt. Der wird bestimmt nichts merken. Nur Scarlett galt es heute zu überzeugen, uns zu helfen. Sie lächelte nur und willigte ein.

Es ist so seltsam mit ihr manchmal. Sie lehrt mich viele Dinge, auf die mein Vater Wert legt, und vieles, das mich interessiert. Angestellt ist sie als Gouvernante, aber sie ist mir auch eine Freundin, daher weiß sie von Brandon und mir. Jedes Mal, wenn ich seinen Namen nur erwähne, dann lächelt sie das Lächeln einer tieftraurigen Seele, die sich alle Mühe gibt, der Welt ihren Schmerz nicht zu zeigen. Sie tut mir leid. Vor einiger Zeit fragte ich sie mal danach und sie antwortete, sie finde sich mit dem einsamen Leben ab. Wie soll sie auch einen Mann finden, wenn sie den lieben langen Tag in unserem Haus arbeitet und lebt? Die Einkäufe übernimmt das Hauspersonal, Scarlett erreicht maximal noch unseren Garten.

Vielleicht werde ich bald mal mit ihr am Flussufer spazieren gehen. Aber nicht morgen, denn da treffe ich Brandon endlich wieder. Ließe mein Vater mir die Wahl, dann wählte ich Brandon Nightham, doch dem würde mein Vater nie zustimmen.

Ob mein Vater mich liebt, weiß ich nicht. Manchmal ist er aufmerksam und fragt mich nach Dingen, die mich interessieren oder was ich gelernt oder getan habe. Und manchmal läuft er an mir vorüber, als hätte er mich übersehen. Wenn er mich wahrhaftig lieben würde, dann würde er meinem Glück nicht im Wege stehen, doch es gibt nicht den kleinsten Zweifel. Er würde mich eher umbringen, als mich Brandon zu übergeben.

Die Wartezeit bis zum ersehnten Wiedersehen mit Brandon wird mir kurzweilig gestaltet, hoffe ich. Meine Eltern haben heute Abend zum Dinner eingeladen. Das heißt auch für mich, ich muss mich fein anziehen und zurechtmachen. Die Anweisung meines Vaters an Scarlett: „Man muss ihr ansehen, dass sie eine Alderten ist." Dann ging die Tür zu und ich fühlte mich wie eine Puppe im Schaufenster des

Schneiders, die man für einen besonderen Anlass herrichten muss. Zum Glück weiß ich in Scarlett eine Freundin, die mich nicht wie eine Puppe behandelt. Sie stand mit mir zusammen vor dem Schrank, um ein passendes Kleid auszusuchen.

Ich weiß nicht mal so genau, wer alles eingeladen wurde. Hoffentlich ist wenigstens ein Mensch in meinem Alter dabei, mit dem ich mich unterhalten kann. Ansonsten hält der Abend für mich die Runde der Frauen bereit. Dort geht es meist um belanglose Dinge wie Stickarbeiten oder den Haushalt.

Ich verstehe das nicht. Meine Mutter ist in deren Alter und weiß dennoch nichts Besseres mit denen zu bereden? Von Scarlett habe ich viel über die Literatur gelernt. Das erwartet man von einer Frau, sagt mein Vater. Ich dürfe mich auch für Handarbeiten interessieren, aber keine weitschweifenden politischen oder gesellschaftlichen Zusammenhänge. Scarlett versucht immer, mir zu erklären, ich müsse gebildet, aber nicht zu intelligent auftreten. Wie soll ich das das anstellen? Wie soll ich mich präsentieren, ohne meinem Vater Schande zu bereiten? Bin ich gebildet, sollte man Intelligenz voraussetzen. Bin ich aber nicht intelligent, dann bin ich auch nicht gebildet.

„Du denkst schon wieder zu viel nach", erinnerte mich Scarlett sanft. Ihr kann ich solche Fragen stellen. Sie wird ja schließlich dafür bezahlt, aus mir eine ordentliche Ehefrau zu machen.

Ich denke über sehr vieles nach. Scarletts Meinung nach zu tiefgründig. Ich müsse oberflächlicher denken. Offiziell wenigstens, denn mit ihr darf ich tiefgründig debattieren, solange mein Vater nicht in der Nähe ist.

Scarletts Rat, bevor ich mein Zimmer verließ: „Denk daran: Haltung bewahren und gemäßigt lachen. Egal ob du es lustig findest oder nicht."

„Ich weiß", seufzte ich. Das fällt mir nämlich am schwersten von allen Regeln. „Nicht ausgelassen lachen und mir nicht anmerken lassen, wenn der Witz fehlschlägt."

Ich glaube, ich bin zu jung, um das zu verstehen. Solche Anlässe wie das Dinner heute Abend machen mich nervös. Verhalte dich so, bewege dich so, aber sag dies nicht und jenes darfst du auch nicht tun. Ich fühle mich wie eine Marionette, der man die Fäden durchgeschnitten hat. Nun versuche ich, ohne Führung so auszusehen, als hinge ich noch an den Fäden meines Meisters.

Die Aussicht auf Brandon wird mir hoffentlich über den Abend helfen. Und morgen, wenn ich endlich wieder in seine schönen Augen blicke, dann kann ich offen und ehrlich von meinen Ängsten erzählen und muss ihm hoffentlich nicht von einem peinlichen Ausrutscher beichten. Ob ich es ihm wirklich erzählen würde, weiß ich noch nicht. Erst mal muss ich alles geben, die Gesellschaft unbeschadet zu überstehen.

Heather Wilkinson

(Leiterin der örtlichen Frauenrechtsbewegung)

Ich ging heute Morgen zum Laden von Charlotte, so wie immer. Die neue Ausgabe unserer Zeitung sollte unter ihrem Tresen liegen und ich wollte sichergehen, dass alles korrekt sei.

Aber der Laden war zu!

Vor dem Schaufenster drängte sich eine Menschentraube und versuchte, durch die ausgestellten Waren einen Blick zu erhaschen und den Grund für einen Morgen ohne Zeitung zu finden.

„Wo ist Charlotte?", wollte ich von Witwe Barlow wissen. Sie stand am Rand der Gruppe und sah ebenso verstört aus wie viele andere, die in ihrer morgendlichen Routine unterbrochen worden waren.

„Ich weiß es nicht", hatte Witwe Barlow aufgeregt geflüstert. „Bürgermeister Eltringham meinte eben, es sieht nach einem Kampf aus. Ein Regal ist umgeworfen."

Das würde erklären, wieso die Menschentraube sich nicht auflöste, sondern laut schnatternd wartete.

Umso größer der Schaden eines anderen, desto mehr Menschen wollen zusehen, statt etwas zu unternehmen oder zu helfen. Ich lief mit Witwe Barlow Richtung Rathaus und direkt daneben zur Polizei. Irgendetwas musste passiert sein, da war ich mir sicher. Charlotte ist viel zu zuverlässig, als dass sie am Morgen einfach die Ladentür verschlossen gelassen hätte.

Genau so sagte ich es auch Inspector Hadley, der uns gleich zurückbegleitete. Es war gar nicht leicht für ihn, sich durch die neugierige Menge Schaulustiger zu zwängen. Er hatte geklopft und geläutet, doch Charlotte hatte nicht reagiert. Ich machte mir Sorgen, das sah auch der Polizist. Dann brach er die Tür auf, verlangte von uns, vor der Tür zu bleiben und die anderen abzuhalten, ihm zu folgen. Nach nur wenigen Sekunden kehrte er zurück und erzählte, Charlotte sei tot.

Seither sind einige Stunden vergangen und ich bin noch immer nicht imstande, zu begreifen, was er sagte. Charlotte ... Ein so sanftes und lebensfrohes Wesen ist mir nie zuvor begegnet. Es war egal, wann man zu ihr kam, selbst nachts. Immer trug sie ein Lächeln im Gesicht, dem man sich nur anschließen konnte. Es war unmöglich, sich ihrer Lebensfreude und ihrem unbeugsamen Optimismus zu entziehen. Sie trug die richtigen Worte für jedermann stets auf der Zunge. Der Welt entgeht ein wunderbarer Mensch mit ihrem Tod und mein Geist weigert sich, ihr Fehlen in unserem Leben zu akzeptieren.

Ich weiß nicht, wie es weitergehen soll. Im Moment warte ich nur darauf, dass Neele nach Hause kommt. Ich brauche ihre Nähe und ihre Schulter.

Kenneth Hadley

(Inspector)

Charlotte Carpenter ist tot. Heather Wilkinson kam heute Morgen aufgeregt zur Polizei gelaufen und erklärte, ihre Freundin Charlotte hätte den Laden nicht aufgesperrt und durchs Schaufenster sähe es nach einem Kampf aus. Ich ging natürlich mit ihr zu dem Laden und brach mit meinem zweiten Mann die Tür auf. Edward sollte an der Tür bleiben und die Meute davon abhalten, mit in den Laden zu kommen. Die trampelten sich beinahe selbst nieder.

Was ich in dem kleinen Geschäft fand, war grauenhaft. Am Ende der Ladenfläche führt eine versteckte Treppe nach oben in Charlotte Carpenters Wohnung. Am Fuß dieser Treppe lag eine tote Frau. Offenbar war sie die Stufen hinabgestürzt und hatte sich das Genick gebrochen, soweit ich das auf den ersten Blick sagen konnte. Ihre Glieder lagen unnatürlich verdreht und ich sah diverse Platzwunden und einen offenen Bruch des Schienbeins.

Für Heather Wilkinson war es ein wahrer Schock.

Sie brach noch auf der Straße vor mir zusammen. Ich konnte sie eben noch auffangen und brachte sie in mein Büro. Dort herrschte etwas mehr Ruhe, ich schenkte ihr einen Tee ein und ließ sie wieder zu sich kommen. Die beiden scheinen gute Freunde gewesen zu sein, das heißt, sie ist auch die erste Anlaufstelle für mich, um die Verwandtschaft zu finden.

Aber nicht gleich. Ich ließ Heather Wilkinson nach Hause bringen und machte mich wieder auf den Weg zu dem Laden. Edward, George und John hatten soweit alles unter Kontrolle. Die Menge hatte sich halbwegs aufgelöst, nur die nervigen Zeitungsleute waren noch da. Die würden vermutlich einen Mord begehen, nur um an eine Ablichtung eines toten Körpers zu kommen.

Den Arzt hatte ich ebenfalls in den Laden geschickt und als ich dazukam, wussten wir schon etwas mehr.

„Es war Mord", verkündete er sofort. Er schien sich seiner Sache sehr sicher zu sein. Keinen winzig kleinen Zweifel konnte ich in seiner Stimme hören oder in seinen Augen sehen. Ich wollte natürlich wissen, woher er diese Sicherheit nimmt.

Die arme Frau war offenbar geschlagen und schlussendlich die Treppe hinabgestoßen worden. Abdrücke von Händen hatten sich als Blutergüsse in den Schultern verewigt. Welche Verletzungen vom Sturz herrührten und welche ihr zuvor beigebracht wurden, wird der Arzt mir später erst mitteilen können, wenn er sie in seinem Labor untersucht hätte. Bis dahin konnte ich meine Arbeit aber schon mal aufnehmen.

Ich sah mir alles genau an. Im Laden selbst war ein Regal umgefallen, aber Charlotte Carpenter starb sicherlich nicht beim Sturz die Treppe hinauf, sondern hinab. Der Kampf muss also von unten nach oben gegangen sein und schlussendlich in dem Mord geendet haben. Oder der Täter hatte das Regal beim Verlassen des Hauses umgeworfen. Dann müsste er einen Schlüssel haben, weil die Ladentür nämlich verschlossen war, sonst hätten wir sie ja nicht aufbrechen müssen. Also wie war der Täter überhaupt hier herausgekommen?

Erst später fand ich ein Fenster, das nicht verschlossen war, nur angelehnt, aber der Riegel nicht vorgeschoben. Jeder hätte dort hinein oder hinaus gelangen können. Das Fenster führt vom Hinterzimmer des Ladens ebenerdig am hinteren

Teil des Hauses in den Garten, von wo aus jeder hätte die Flucht antreten können.

Am Treppenaufgang war auf den zweiten Blick deutlich zu sehen, dass Charlotte Carpenter noch versucht hatte, sich abzufangen. Blut klebt an den Wänden und am Geländer. Ganz oben hängt auch ein Bild schief, als hätte sie es beinahe von der Wand gerissen. Sie muss sich heftig gegen den Tod gewehrt haben.

Die Wohnung über dem Geschäft sah schon eher nach einem richtigen Kampf aus. Außerdem schien derjenige irgendwas gesucht zu haben. Sämtliche Schranktüren stehen offen, ebenso die Schubladen. Der Inhalt liegt in der ganzen Wohnung verteilt. Es muss also auch genügend Zeit geblieben sein, um noch alles zu durchsuchen. Es wird seine Zeit dauern, bis wir alles durchgesehen haben und wissen, was bei dem Kampf zu Bruch ging und was erst danach bei der Durchsuchung.

Was für eine Tragödie!

Byron McLoad

(Anwalt)

Ein Mord in unserer Straße, das muss man sich mal vorstellen! Was für ein Skandal ... Die Zeitungsleute tummeln sich auf der Straße und wohin man auch geht, überall hört man nur den Namen Charlotte Carpenter. Und für mich ist es vielleicht ein entscheidender Vorteil. Erfahrungsgemäß tappt die Polizei sowieso im Dunkeln. Mehr als haltlose Vorwürfe wird es nicht geben. Und jeder, der irgendwie verdächtig scheint, ist ein potenzieller Mandant für mich. Wie überaus praktisch sich alles zusammenfügt.

Zuvor kommt jedoch das lästige Händeschütteln und Beileid aussprechen. Was weiß denn ich, ob das Weib Familie hatte? Oder Freunde? Mehr als wartende Verehrer, die sie vertröstete, habe ich bei der nie gesehen. Vielleicht war es auch ihre Taktik, die Männer hinzuhalten und so Geld aus ihnen zu quetschen wie den Saft aus einer Zitrone. Weiber wie die brauchen sich doch nicht zu wundern, wenn sie früher oder später den Falschen auszunehmen versuchen.

Gutes Aussehen lässt sich bei Weibern eben gut verkaufen. Wieso nur bei einem Geld machen, wenn man bei mehreren abkassieren kann? Ein kleines Geschenk hier, eine kleine Spende dort. Den meisten Kavalieren, die sich vor dem Laden gegenüber herumdrückten, fällt ein kleines Geschenk kaum auf. Einer Bettlerin dürften viele kleine Geschenke allerdings sehr genügen.

Charlotte Carpenter hatte es trotz alledem clever angestellt, das muss ich ihr zugestehen. Statt als Prostituierte ihre Schönheit zu verkaufen oder sich die Zeit zu nehmen, die Hoffnung der Männer bei vielen Verabredungen aufrecht zu halten und sie hintenherum um kleine Summen zu bitten, hatte sie einen Laden eröffnet, in dem es jede Menge Kleinigkeiten zu kaufen gibt. Sie musste also nicht aktiv werden, um etwas zu bekommen, sondern die Männer mussten etwas geben, wenn sie sie sehen, beziehungsweise mit ihr sprechen wollten. Dreist und ausgefuchst und einer Dame keinesfalls würdig, aber eine Dame ist die auch nie gewesen. Trotzdem clever, so ungern ich es zugebe.

Noch etwas ist am heutigen Tag besonders. Im komischen Sinne … Ich könnte immer noch lachen, wenn ich daran denke. Mein wertloser Butler

Jack O'Neil war auswärts für mich unterwegs. Ich hatte einige Dinge auf der Liste gehabt, die er erledigen musste, daher war er am Vormittag gar nicht im Büro gewesen. Als guter Angestellter wäre er trotzdem am Morgen noch mal gekommen, aber nicht Jack O'Neil. Der glaubt sich selbst erhaben über alles und ist nichts weiter als ein Wurm unter meinem Schuh. Wo wäre der denn, wenn ich ihm nicht geholfen hätte?

Noch immer sind Polizisten am Laden gegenüber zu sehen. Es darf niemand hinein, aber die Presse ist vorerst auch mit einem Bild von außen zufrieden. Ich weiß natürlich, dass die gern hineingehen würden. Am besten wäre es gewesen, als die Tote noch an der Treppe gelegen hatte. Ja, dafür hätten die Zeitungsleute so einiges getan.

Nun kam Jack, der Wurm, heute Nachmittag ins Büro und sah schon ganz verwundert aus. Er legte mir die Zeitung vor und fragte, was denn gegenüber geschehen sei, dass die Polizei herumstand. Ich gab ihm nur zur Antwort, dass die Besitzerin des Ladens wohl ermordet worden sei.

Im gleichen Augenblick hätte ich lauthals lachen können. Jack ließ seine Aktentasche, die ich ihm gekauft hatte, einfach fallen. Seine Augen wurden immer größer und sein Mund stand sperrangelweit offen.

„Ermordet?", flüsterte er geschockt. Ja, ich sah ihm an, dass er tatsächlich geschockt war. Aber dieser Schock ging weit über das hinaus, das man erwarten würde, wenn ein Mensch in der Nachbarschaft getötet wird. Der hat tatsächlich Gefühle für das Weib entwickelt! Ausgerechnet der! Der besitzt doch nichts! Wie will der denn ein so anspruchsvolles Weibsbild wie Charlotte Carpenter zufriedenstellen?! Ich bezahle ihm wirklich guten Lohn, aber für Höhenflüge reicht es eigentlich nicht. Das verdient der gar nicht! Was bildet der sich denn ein?

Als guter Mensch hielt ich mein Lachen natürlich zurück. Das gehört sich ja schließlich nicht und schlechte Manieren lasse ich mir nicht nachsagen. Ich sagte ihm, er solle sich einen Tee machen und erst mal wieder zu sich kommen.

Zu seinem Glück brauchte er dafür nicht den halben Tag, sonst hätte er sich eine neue Anstellung suchen können. Gesprächig war er nicht, aber er machte seine Arbeit, für die ich ihn schließlich bezahle.

Jack O'Neil und Charlotte Carpenter … Ich kann immer noch nicht glauben, dass ein halbwegs gebildeter Mann so weltfremd sein kann. Jack kommt doch aus gutem Hause, hat eine höhere Ausbildung genossen und ist eigentlich nicht dumm. In Bezug auf Frauen scheint sein Kopf aber nicht sonderlich gut zu arbeiten. Eine Gouvernante wäre noch ein überraschender Fang für ihn. Bei seinen finanziellen Mitteln sollte er sich eher im Gossenbereich umsehen. Ehe der seine Schulden bei mir abgezahlt hat, ist er vermutlich zu alt, um noch eine geeignete Frau zu finden.

Es fällt mir beinahe schwer, diese Zeilen niederzuschreiben. Meine Lippen verziehen sich immer wieder, wie von allein, zu einem amüsierten Grinsen. Jack O'Neil, der Höhenflieger ... Ich muss mich sammeln und beruhigen. Dafür ist das Aufschreiben dieses Ereignisses genau der richtige Weg, hoffe ich.

In einer halben Stunde fahre ich zum Bahnhof und hole meinen Neffen ab. Mit ihm werde ich mich sicherlich auch noch über Jacks kindische Schwärmerei amüsieren.

Finnegan kommt mich für zwei Tage besuchen.

Wir sind heute Abend zum Dinner eingeladen und Finnegan soll seine Braut kennenlernen. Mein Bruder bat mich, Finnegan für diese Zeit bei mir aufzunehmen. Natürlich habe ich nichts dagegen, meinem Bruder den Gefallen zu tun. Es ist auch schon alles vorbereitet für meinen Neffen. Kaum zu glauben, dass er schon alt genug zum Heiraten ist. Wo ist nur die Zeit geblieben?

Ich bin gespannt, wie ihm seine zukünftige Ehefrau gefällt. Nicht dass das einen Unterschied machen würde. Die Hochzeit wurde zwischen den Vätern beschlossen und wird vollzogen. Hoffentlich hat der Junge nicht solches Pech wie ich damals, als meine zugesprochene Braut heimlich einen anderen heiratete. Der Skandal war beschämend. Für meinen Vater, für mich, für die ganze Familie. Ich glaube, nach dieser Erfahrung hat sich mein Bruder besonders Mühe gegeben, eine folgsame Frau für seinen Sohn zu finden.

Hoffentlich ...

Adeline Alderten

(Frau des Gutsbesitzers)

Ich kann nicht behaupten, dass ich solche Zusammenkünfte wie heute verabscheue. Eigentlich mag ich es sogar recht gern. Ich bin mit Vergnügen unter Menschen und unterhalte mich auch mit Freude mit anderen. Unangenehm wird es nur, wenn Männer, vor allem William, anwesend sind.

Wie Sue heute wurde auch ich von einer Gouvernante unterrichtet. Sie lehrte mich die Dinge, die mein Vater für ausreichend hielt. Nicht mehr und nicht weniger. Bei der Wahl der Gouvernante für Sue hatte ich die Entscheidung in die eigene Hand genommen. Scarlett kannte ich zuvor nicht, aber sie war mir von einer Freundin empfohlen worden. Inzwischen habe ich Scarlett kennengelernt und sie muss nicht aussprechen, dass sie Sue mehr beibringt, als William gutheißen würde. Aus meiner Sicht ist es genau das Richtige.

In einem Punkt gleicht sich die Geschichte meiner Tochter mit meiner eigenen. Wir beide sind nicht in Armut geboren worden und müssen uns anständig benehmen können. Das musste ich lernen, das muss meine Tochter lernen. Scarlett ist eine umwerfend gute Lehrerin. Sie brachte Sue alles bei, was sie für eine Gesellschaft wissen muss. Höflichkeit und Anstand, Haltung und Sittsamkeit.

Vergangene Woche war William noch dagegen gewesen, Sue mit in die geladene Gesellschaft einzubeziehen, doch ich war mir sicher, sie wird uns nicht blamieren. So gut kenne ich Scarlett und so gut kenne ich auch meine Sue. Und ich behielt Recht. Dass William Sue für heute Abend gleich von selbst einplante, bestätigt mich.

Das Einzige, das ich an dieser Art der Zusammenkunft nicht leiden kann, ist das Verhalten der Männlichkeit. Ich als Ehefrau des Hausherrn begrüßte mit William natürlich die Gäste. Allerdings war ich nur eine Randfigur. Eine Dekoration für William. Niemand seiner Freunde und Geschäftspartner interessierte sich für mich. Zumindest nichts, das über die geforderte Höflichkeit hinausgeht. Ich hörte Komplimente über das Haus, die Einrichtung, mein Kleid, meinen Schmuck und meine Frisur. Aber niemand wollte wissen, was ich denke. Die meisten Männer setzen voraus, dass eine Frau einfach nichts zu sagen hat.

Und wenn wir den Mund aufmachen, dann kommt nichts Wichtiges heraus.

In dieser Gesellschaft fühlt sich William wohl, das wundert mich nicht. Zum Glück saß zum Essen eine alte Bekannte neben mir. So konnte ich mich gut unterhalten. Nichts Weltbewegendes, aber immer noch besser, als den ganzen Abend zu schweigen.

Nach dem Essen verteilte sich alles etwas. Ich saß mit Freundinnen beisammen und hörte mir die Nichtigkeiten anderer Leben an. Die eine hat einen neuen Sessel gekauft, die andere ihre Hausangestellte rausgeschmissen. Die Nächste hat in letzter Zeit so viel gestickt, dass ihre Finger schon wund waren. Sie sind wirklich alle nett, aber interessant finde ich keines der Gesprächsthemen. Theoretisch hätte ich mich lieber zwischen die Männer gestellt und über Politik und Wirtschaft gesprochen. Das gehört sich jedoch nicht. Nicht für eine Frau. Dies sind die Momente, in denen ich gern ein Mann wäre.

Ändern kann ich es leider nicht und muss darauf vertrauen, dass Gott seine Gründe hatte, eine Frau aus meinem Körper zu formen, mir aber den freidenkenden Geist eines Mannes zu geben. Schlimmer als mein eigenes Los finde ich die

Tatsache, dass ich diesen Geist an Sue weitergegeben habe. Leider auch im Körper einer Frau. Das wird ihr noch Probleme bringen, obwohl sie bisher sehr folgsam war. Anders als ich in diesem Alter.

Entgegen aller Sorge von William hat uns Sue keinesfalls blamiert heute Abend. Sie ist eine bildschöne junge Frau mit umwerfenden Manieren. Jeder Mann könnte sich glücklich schätzen, sie zu heiraten. Solange sie ihren freien Geist für sich behält.

Sie hat sich lange mit einem jungen Mann unterhalten. Der Einzige neben ihr in jungen Jahren. Der Rest der Gästeschaft war mindestens eine Generation mit William und mir. Ich kann schon verstehen, weshalb sich Sue lieber mit einem Gleichaltrigen unterhält.

Ich freue mich jedenfalls, dass auch sie einen augenscheinlich schönen Abend verlebt hat. Mich schmerzt der Gedanke jetzt schon, dass sie bald heiraten und das Haus verlassen wird. Dann ist niemand mehr hier, den ich gern bei mir habe. Vermutlich werde ich dann noch mehr Zeit in der Stadt verbringen. Hoffentlich zieht Sue nicht allzu weit fort, dann könnte ich sie regelmäßig besuchen.

Meine kleine Sue ... Ich sehe sie noch vor meinem geistigen Auge, als sie laufen lernte. Andauernd stieß sie gegen Möbelstücke, weil sie es zu eilig hatte. Ich hatte zusammen mit dem Personal des Hauses überall Kissen ausgelegt. Was sollen denn die Leute denken, wenn mein Kind ständig verletzt ist? So lauteten Williams Gedanken damals. Mir ging es eher darum, Sue vor Schmerzen zu bewahren. Das ist heute noch so und ich hoffe, sie wird einmal einen Mann heiraten, der sie wirklich glücklich machen kann.

William Alderten

(Gutsbesitzer)

Der Abend war ein voller Erfolg auf allen Ebenen! Ich habe zwei neue Geschäfte angebahnt und mir wurde ein neuer Kontakt versprochen, der mir eine große Summe bringen könnte. Was daraus schlussendlich wird, zeigt die Zukunft. Fürs Erste bin ich jedoch zufrieden. Nicht nur wegen der Geschäfte.

Sue ist Siebzehn. Es ist an der Zeit, ihr einen geeigneten Mann zu suchen. Die Hochzeit wird nicht vorm Abschluss ihrer Ausbildung stattfinden, aber ich denke, sie sollte ihren Zukünftigen kennenlernen, bevor es so weit ist. Das gibt auch dem Bräutigam die Möglichkeit, sich gegebenenfalls gegen Sue zu entscheiden. Einen Grund dafür sehe ich nicht. Sue ist wohlhabend, wohlerzogen und gebildet. Es gibt nicht viele Männer, die es ablehnen würden, eine Alderten zu ehelichen. Finnegan McLoad sah heute Abend auch nicht so aus, als würde er ablehnen. Damit steht die Hochzeit eigentlich schon fest.

Finnegans Vater kenne ich schon seit einigen Jahren. Über einen befreundeten Geschäftspartner wurden wir einander vorgestellt. Vor einiger Zeit war ich zu einer Hochzeit eingeladen und wir verabredeten die Hochzeit unserer eigenen Kinder. Nun erreichte mich der Brief, der mich darum bat, Finnegan als Gast in meinem Haus zu empfangen. Dem stimmte ich natürlich sofort zu. Dieser Abend ist nun vorüber und ich kann guten Gewissens sagen, ich habe meine Tochter dem Eheleben so gut wie übergeben.

Noch weiß jedoch keiner der beiden etwas davon. Das war die Bedingung, die Finnegans Vater stellte. Die beiden sollten sich unvoreingenommen kennenlernen. Und das habe ich wirklich gut hinbekommen. Unauffällig natürlich. Ich habe Finnegan als Sohn eines Geschäftspartners vorgestellt, obwohl ich mit seinem Vater nie direkt Geschäfte abgewickelt habe. Aber da Finnegan der einzige junge Mann war, erfüllte sich meine Hoffnung, dass die beiden zueinanderfinden.

Vorm Zubettgehen fragte ich Sue, was sie denn von Finnegan halte.

„Er ist nett", sagte sie nur. Das ist alles, was ich

wissen muss. Meine Aufgabe in Sues Leben endet nun bald.

Leider kann ich noch nicht zu Bett gehen. Ich muss für einige Tage verreisen. Eigentlich wollte ich schon am Nachmittag aufbrechen, aber dann erreichte mich die Bitte von Finnegans Vater und ich schob das Dinner ein. Nun muss ich die halbe Nacht über in der Kutsche sitzen. Das ist es mir allemal wert. Dafür habe ich Sues Zukunft gesichert. Ich kann sie guten Gewissens zurücklassen und mich meinen geschäftlichen Aufgaben widmen.

Und wenn ich zurückkomme, werde ich ihr die frohe Kunde überbringen. Bis dahin lasse ich Finnegan noch die Möglichkeit, Sue wiederzusehen vor der Hochzeit, sofern er es denn möchte. Soll er sich nur nicht zu sicher glauben, eine Alderten an der Angel zu haben, und sich etwas ins Zeug legen, sie zu erobern, denn ich glaube, er ahnt etwas, obwohl ich niemandem gegenüber auch nur eine Andeutung machte. Oder Sue weckte tatsächlich sein Interesse. Das wäre entzückend, denn auch Sue zeigte deutliche Zuneigung.

Finnegan McLoad

(Neffe von Byron McLoad)

Was für ein Abend!

Und was für eine Frau!

Ich bin froh, die Reise auf mich genommen zu haben. Der Weg ist weit und ich dachte nicht, dass es sich lohnt. Mein Vater bestand jedoch darauf, dass ich Sue Alderten kennenlerne. Er sagte zwar nichts weiter dazu, aber ich ahne, dass sie meine Frau werden soll. Wieso sonst sollte mein Vater das viele Geld für die Reise bezahlen?

Nach dem heutigen Abend hoffe ich mehr denn je, dass ich mich nicht täusche. Eigentlich wollte ich gar nicht heiraten, aber wenn mein Vater mich losschickt, dann muss ich dem folgen. Meinen Vater kenne ich als Offizier nur streng. Wenn er etwas sagt, dann wird es gemacht.

Ich gehe den gleichen Weg wie er. Irgendwann will auch ich Offizier sein. Ich möchte auch so viele Abzeichen wie mein Vater tragen. Er meint, ich habe auf jeden Fall das Zeug dazu. Wenn ich an meiner Disziplin festhalte, steht dem nichts im Wege.

Aber auch ohne den Rang des Offiziers, nur auf dem Weg dorthin, bin ich eine gute Partie, wie es so schön heißt. Ich trage einen Namen mit Ansehen. Ich wurde nicht als Bettler geboren. Und ich strebe eine militärische Laufbahn an. Aber das sollte nicht der Grund sein, warum eine Frau meine Frau werden will. Entgegen den Wünschen meines Vaters und auch den Erwartungen von Onkel Byron ist mir wichtig, dass ich eine Frau heirate, die mich auch um meinetwillen haben will. Ich möchte nicht, dass sie sich einfach die Frau eines Offiziers nennt. Sie soll sich gern *meine* Frau nennen, weil sie mich mag und wir uns verstehen.

Ich glaube, mein Vater ahnte diesen Zug in meinen Gedanken und suchte daher Susanne Edith Alderten für mich aus. Wir unterhielten uns den ganzen Abend lang. Mit der Bildung sparte William Alderten bei seiner Tochter nicht. Als Ehefrau ist sie wahrlich ein Glück für mich.

Es ist schon spät, weit nach Mitternacht. Ich sitze im Gästezimmer bei Onkel Byron am Tisch und schreibe diese Zeilen nieder, während sich meine Zukunft in bunten Farben in meinem Geist ausbreitet. Wenn ich nach langer Abwesenheit nach

Hause zurückkehre, wartet Sue auf mich und empfängt mich mit unseren Kindern an der Haustür. Sind die Kinder abends im Bett, dann sitzen wir beisammen und unterhalten uns. Sie lauscht den Erzählungen meiner Erlebnisse und stickt vielleicht nebenbei. Ihre Mutter sagte, sie sei eine fantastische Stickerin. Ich werde auf dem Sessel sitzen, in meinem Rücken ein Kissen, das sie bestickte.

Ja, so kann ich mir die Zukunft vorstellen.

Sue ... Immer wieder sehe ich sie vor mir, wie sie lacht. Sie ist so schön! Und sie wird meine Frau ...

05. August

Neele Blackford

(Heather Wilkinsons Freundin)

Was für ein grauenhafter Tag doch gestern war. Ich kam nichtsahnend vom Einkauf nach Hause und fand meine geliebte Heather weinend und verzweifelt in unserem Bett liegen. Sie war vollkommen aufgelöst und weinte eine weitere volle Stunde an meine Schulter, ehe ich überhaupt erfuhr, was geschehen war.

In all den Jahren, die wir nun zusammen leben, kenne ich Heather nur als starke, ehrgeizige und ziemlich starrköpfige Frau. Wenn sie etwas will, dann bekommt sie es auch. Und wehe dem, der sich ihr in den Weg stellt. Nur der, der sie aufgrund ihrer Weiblichkeit zu unterdrücken versucht, ist noch schlechter dran, als der, der sich ihrem Willen nicht beugen mag. Seit ich sie kenne, sah ich sie erst ein einziges Mal weinen. Sie ist immer fröhlich und kämpft für jeden, dem ein Unrecht widerfährt.

Charlotte Carpenter ist eine sehr enge Freundin Heathers, schon seit Kindertagen. Sie wuchsen zusammen auf, nachdem Charlottes Eltern verstorben waren. Heathers Eltern waren die Arbeitgeber der Familie Carpenter gewesen und hatten das junge, elternlose Mädchen bei sich aufgenommen. Seither waren Charlotte und Heather enge Freunde, fast Schwestern.

Den Verlust von Charlotte, das weiß ich ganz sicher, wird Heather nicht so schnell verkraften. Schon gar nicht auf diese Weise. Es ist mir ein Rätsel, wie man Charlotte Carpenter nicht mögen kann. Wer bringt so viel Hass gegen sie auf, dass er imstande ist, ihr das Leben zu nehmen? Im Gegensatz zu Heather, die sich nie irgendwem beugt und das auch offen ausspricht, ist Charlotte ein sanftes und gutmütiges Wesen. Nach allen Kräften war sie versucht, es jedem Recht zu machen. Sie schenkte jedem ein Lächeln, selbst im Streit.

Heather bezeichnet Charlotte manchmal als ihren guten Engel, während Heather sich selbst gern als Kriegerin sieht. Was für ein Zeugnis ist es für unsere Gesellschaft, wenn sogar Engel getötet werden?

Heather fing sich halbwegs, sodass ich sie einige Minuten allein lassen konnte. Mit heißem Tee und ein paar Keksen, die ich gestern gebacken habe, gebe ich noch immer mein Bestes, ihr eine starke Partnerin zu sein. Charlotte ist auch meine Freundin, aber ich darf der Trauer noch nicht nachgeben. Jetzt noch nicht, solange Heather mich in Stärke braucht.

Seit meine Geliebte wieder vollständige Sätze in verständlicher Sprache spricht, habe ich viel über Charlotte erfahren, vor allem aus ihrer Kindheit, das ich bisher nicht wusste. Geschichten aus Kindertagen, die Heather plötzlich wieder ins Gedächtnis kommen.

Ich brachte den Vorschlag, die neue Ausgabe unserer Zeitung Charlotte zu widmen. Heather kann mit Worten spielen und wunderbar ausdrücken, was sie denkt und fühlt, ohne jemanden zu beleidigen. Nicht immer kann man Themen wie die Rechte von Frauen oder Diskriminierung oder Bestechung schonend für alle behandeln. Aber einen Nachruf für Charlotte kann Heather ganz sicher wunderschön formulieren.

Den Vorschlag nahm sie nur zu gern an und hat nun endlich wieder etwas, an dem sie sich festhalten kann. Hat Heather keine Aufgabe, wirkt sie manchmal wie ein orientierungsloser Schiffbrüchiger. Dann bin ich stets zur Stelle und erinnere sie an Dinge, die sie schon lange vor sich herschiebt. Oder ich lade sie zu einem Spaziergang ein, um ihren Geist zu ordnen. Sie ist das Chaos, ich die Ordnung - so drückt sie es gern aus.

Nun sitzt sie seit den frühen Morgenstunden über ihren Zetteln und brütet über Charlottes Nachruf. Der beste Zeitpunkt für mich, meinem Ruf als Ordnung in diesem Haus gerecht zu werden. Die Einkäufe stehen immer noch herum und Heather braucht dringend ein Frühstück, sonst vergisst sie Nebensächlichkeiten wie Nahrung wieder. Nebenher summe ich eines von Charlottes Lieblingsliedern und überlege mir, ob man dieses für eine Beisetzung als passend empfinden würde.

Duncan Nightham

(Bäcker)

Was ertrage ich nicht alles … Mein Tag heute begann wie jeder andere, nur dass ich diesmal meinen Sohn losschickte, die aktuelle Zeitung zu holen, ehe er zu seiner Verabredung geht. Wer weiß, mit wem er sich treffen will, er sagte nichts, bat mich nur, den Tag außerhalb der Backstube verbringen zu dürfen. Ausnahmsweise. Er hatte ein Leuchten in den Augen und ein Strahlen im Gesicht gehabt, das es mir verbot, ihm den Wunsch abzuschlagen. Er arbeitet fleißig bei mir und ich gönne ihm den freien Tag, den er sich so sehr wünscht. Als Dank bekam ich nicht nur ein Jauchzen meines Sohnes, sondern auch noch ein wunderschönes Lächeln meiner Frau. Wie könnte ein Tag besser anfangen?

Brandon brachte mir die Zeitung, dann ward er nicht mehr gesehen. Ich vermute ja eine Frau hinter der Heimlichtuerei. Irgendwann werde ich sie aber hoffentlich kennenlernen.

Die Sonne stand noch nicht mal im Zenit, als der

gute Morgen schon vorbei war. Kenneth Hadley kam in die Bäckerei. Hinter ihm folgten noch sein Sergeant und ein Constable. Was wollen die hier, fragte ich mich.

Ich rechnete wirklich mit fast allem, nur damit nicht: Sie verhafteten *mich*!!! Mich sprachlos zu machen, ist schwer, aber ich stand stocksteif mit den Händen im Brotteig und war nicht imstande, die gesprochenen Worte aufzunehmen.

Ich sei verhaftet wegen des Mordes an Charlotte Carpenter! Ich müsste auch nichts sagen und es wäre ratsam, mit einem Anwalt zu sprechen.

Ich?!

Verhaftet?!

Wegen Mordes?!

Ich gebe ja zu, ich habe keine hohe Meinung von Charlotte Carpenter, deswegen bringe ich sie doch aber nicht um!

Das galt es nun zu beweisen. Als ich mich in meiner beschaulichen Backstube umsah, wurde mir klar, ich bin der Einzige, der weiß, dass ich kein Mörder bin. Emily stand ebenso geschockt neben der Tür, das Antlitz totenbleich, und rührte sich nicht. Ihre großen Augen starrten mich an und suchten in mir die Bestätigung für meine Unschuld. Wieso muss sie die erst suchen? Sie sollte wissen, dass ich hitzig diskutieren kann und auch mal wütend werde, aber Gewalttätigkeit gehört nicht zu meinen Eigenschaften. Noch nie.

Ich erinnerte mich, wie ich noch einen Tag zuvor gedacht hatte, Gott solle unser Viertel von dieser Sirene namens Charlotte befreien. Den Tod hatte ich da aber nicht im Sinn gehabt und sandte im Stillen meine Bitte um Vergebung in den Himmel. Ich wollte nicht, dass Charlotte Carpenter stirbt. Und erst recht wollte ich nicht, dass sie gewaltsam ums Leben kommt. Ich schäme mich für meine früheren Gedanken. Nicht weil ich des Verbrechens verdächtigt werde, sondern weil sie falsch waren, das weiß ich jetzt. Man sollte niemanden wegwünschen, es könnte schneller geschehen, als einem lieb ist. Man sollte lernen, mit jedem zurechtzukommen. Vielleicht hatte es einen Sinn, dass Charlotte Carpenter in unsere Straße gekommen war.

Sind das die Gedanken eines Mörders, während er abgeführt wird, frage ich mich? Gut, meine Gedanken hört keiner außer mir, aber Inspector Hadley könnte jeden fragen, der mich je gekannt hat. Niemand kann mir nachsagen, körperliche Gewalt in irgendeinem Sinne gutzuheißen.

Aber wie soll ich meine Unschuld beweisen? Sie zu beteuern, hilft nicht. Ich muss es beweisen und hatte mich auf dem Weg zum Verhör soweit gefasst, dass ich methodisch vorgehen konnte. Statt Fragen zu beantworten, stellte ich zu Beginn eine:

„Wann wurde sie getötet?"

Das wäre ja die einfachste Weise, wenn ich zu der Zeit irgendwo anders gewesen wäre.

Leider ist es nicht so leicht. Gegen Mitternacht, antwortete Inspector Hadley. Da liege ich in meinem Bett und schlafe. Emily schläft natürlich neben mir, aber ich könnte auch nicht beschwören, dass sie zwischendurch nicht aufgestanden ist. Wie auch? Wenn ich schlafe, dann schlafe ich.

Inspector Hadley wollte wissen, wann ich aufgestanden sei. Ich schilderte ihm genau, wann mein Tag beginnt und was ich alles zu tun habe, ehe die ersten Brote im Laden verfügbar sind, um unter anderem von Elizabeth Hadley für Inspector Hadley gekauft zu werden. Die meisten der Polizisten werden von ihren Frauen mit meinen Backwaren versorgt.

Ein Alibi ist das aber auch nicht. Brandon steht meist ab fünf Uhr mit mir in der Backstube. Ließe ich ihn ebenso früh aufstehen, hätte der arme Junge überhaupt keine Chance auf soziale Kontakte mehr. Ich selbst gehe meist schon sehr zeitig am Abend zu Bett, nach einem langen und harten Arbeitstag. Das will ich für ihn nicht. Noch nicht. Soll er sich mal noch ein bisschen ausleben, solange er dennoch seine Arbeit macht.

Über die gesamte Zeitspanne, die Inspector Hadley abgedeckt haben wollte, konnte ich niemanden benennen, der meinen Aufenthaltsort bestätigen könnte. Höchstens seine Frau, die an diesem Morgen wieder im Laden gewesen war. Hätte ich zwischendurch noch einen Mord begehen wollen, wer hätte dann die Brote gebacken?

Auch das ist kein Argument, das Inspector Hadley überzeugen kann. Ich blieb der Hauptverdächtige in einem Mordfall und hatte nicht den Hauch einer Ahnung, wie ich das widerlegen sollte.

Nach etwa einer Stunde wollte ich es auch nicht mehr widerlegen. Inspector Hadley hatte einen Beweis für meine Schuld gefunden, den ich bedingungslos akzeptiere.

Er legte mir ein kleines Büchlein vor. Ein unscheinbares Notizbuch, das in jede Hemd- oder Hosentasche passt. Mein Name steht darauf. Inspector Hadley hatte es direkt neben Charlotte Carpenters totem Körper gefunden.

Meine Lider fielen ruhig hinab und ich flüsterte nur: „Ich war es."

Damit war Inspector Hadley zufrieden und sperrte mich in eine Zelle. Wenige Quadratmeter, eine Pritsche und Gitter in alle Richtungen. Ein Käfig für mich.

Den Anwalt lehnte ich ab und werde auch jetzt keinen beauftragen. Ich nehme die volle Schuld auf mich. Meine einzige Hoffnung liegt nun darin, Emily und Brandon noch mal zu sehen. Ihnen nahe zu sein. Ihnen beiden ...

Susanne Edith (Sue) Alderten

(Tochter des Gutsbesitzers)

Ich fühle mich so hohl!

Charlotte Carpenter ... Tot ... Ermordet ... Ich erfuhr es eben aus der Zeitung. Wäre nicht ein Bild von Charlotte abgedruckt gewesen, wäre es mir gar nicht aufgefallen.

Ich war so froh, den Abend überstanden zu haben. Als mein Vater mir Finnegan McLoad vorstellte, hatte ich Hoffnung, dass ich mit einem vergleichsweise jungen Menschen sicherlich besser sprechen könnte als mit den älteren Gästen meines Vaters. Dem war auch so. Ich unterhielt mich beim Essen mit Finnegan über das Essen, das Wetter, seine Fahrt in unsere Stadt und solche Kleinigkeiten. Doch nach dem Dinner fragte ich ihn, was er denn arbeitet und was seine Eltern machen.

Die Antwort hätte nicht schockierender sein können!

Der Sohn eines Offiziers mit den Ambitionen, ebenfalls einmal Offizier zu werden!

Ich verabscheue Gewalt. Ich hasse es, wenn

Menschen einander Leid zufügen. Sie mögen vermeintlich gute Beweggründe haben – ich kann nichts Gutes daran finden, einen anderen Menschen zu verletzen oder gar zu töten. Ginge es reinweg um die Verteidigung des eigenen oder eines fremden Lebens, dann kann man Gewalt als Heldentum bezeichnen. Aber sich in Horden zusammenzuraufen, um Dörfer, Städte, ganze Länder anzugreifen? Nein, dafür habe ich kein Verständnis.

Das darf ich nur nicht laut aussprechen!

Was blieb mir also anderes übrig, als Finnegans Erzählungen zu lauschen und Interesse vorzuheucheln?

Es war furchtbar. Er erzählte von Dingen, die ich gar nicht hören wollte. Von Übungen und Manövern und Kämpfen. Es ging immer nur um Gewalt und mein Herz weinte blutige Tränen allein vom Hören der Geschichten.

Ich war so froh, als sich endlich alle verabschiedeten und ich allein in meinem Zimmer saß. Scarlett half mir noch, doch ich schwieg. Es gab nichts, das ich hätte laut aussprechen wollen. Nicht vor ihr. Nur Brandon werde ich nachher davon berichten.

Und dann heute Morgen ... Mein Vater war noch am Abend zu seiner Reise aufgebrochen, die mir das Treffen mit Brandon ermöglicht. Meine Mutter saß beim Frühstück und studierte die Zeitung. Das tut sie nur, wenn Vater nicht im Haus ist. Meist nimmt er die Zeitung mit. Und wenn nicht, dann fischt meine Mutter sie heimlich aus dem Abfall, um sie zu lesen. Meinem Vater zufolge hat uns Frauen der Inhalt der Nachrichten nicht zu interessieren.

Heute war das anders.

Ich kam zum Frühstück und sah meine Mutter weinend über die Zeitung gebeugt am Tisch sitzen. Sie bemerkte mich nicht, so vertieft war sie. Ich tauchte neben ihr auf, um zu sehen, was sie so traurig machte, da sah ich sie. Charlotte ... Ihr Bild in der Zeitung abgedruckt. Die Überschrift verriet, sie sei ermordet worden. Ich kam nicht dazu, mehr zu lesen. Viel zu geschockt klebte mein Blick auf Charlottes Antlitz. Binnen Sekunden versuchte ich, die Information aufzunehmen, zu verarbeiten und runterzuschlucken. In diesem Haus weiß neben Scarlett niemand, dass ich mit Charlotte befreundet bin.

War!

Ich *war* mit ihr befreundet!

So schnell ich konnte, wünschte ich meiner Mutter einen guten Morgen und erklärte, nach dem üppigen Dinner hätte ich keinen Hunger. Schon verschwand ich so schnell, wie mich meine Beine nur tragen konnten, nach oben in Scarletts Zimmer. Vor Schreck vergaß ich das Anklopfen und stürmte einfach hinein.

Scarlett erschrak natürlich, nimmt es mir aber nicht übel. Ich knallte ihre Tür hinter mir zu und brach in Tränen aus. Und als ich genug Fassung beisammen hatte, um klare Worte sprechen zu können, weinte auch Scarlett um eine Freundin, die uns gewaltsam genommen worden war.

Seither sind zwei Stunden vergangen. Ich habe Scarlett gebeten, mich ein wenig allein zu lassen, bevor ich aufbrechen will. Nun sitze ich hier und schreibe über Charlotte in der Vergangenheit. Es fällt mir noch immer schwer, das zu begreifen. Das kann doch nur ein Irrtum sein! Eine Verwechslung! Wer bringt denn Charlotte um? Wieso?

Ich kann kaum erwarten, dass die Zeit heran ist, um mich auf den Weg zum Fluss zu machen. Mehr denn je sehne ich mich nach Brandon und der Stärke seiner Arme. Schon oft lagen seine vom Teigkneten breiten Arme um mich und gaben mir Trost. Sie werden mir auch heute Trost spenden, das weiß ich. Und ebenso wie vor Scarlett muss ich mich bei ihm nicht meiner Tränen schämen. Tränen um eine reine Seele, die viel zu früh aus dem Leben gerissen wurde.

Kenneth Hadley

(Inspector)

Noch am Morgen dieses Tages dachte ich, endlich haben wir einen Verdächtigen, den wir des Mordes überführen können. Den Arzt hatte ich in Ruhe sein Werk tun lassen. Den Rest der Wohnung hatte ich mir gestern ja bereits angeschaut, nachdem ich Heather Wilkinson versorgt hatte. Vielleicht könnte sie mir später auch noch sagen, was Charlotte Carpenter in der Wohnung versteckt hatte, das einen Mord wert ist.

Gestern hatte ich mit meinem Sergeant und den beiden Constables in der Wohnung jeden Schnipsel herumgedreht. Irgendein Geheimnis hatte die Tote hier versteckt, das der Täter gesucht hatte. Und offenbar gefunden, denn ich fand nichts, das einen Mord gerechtfertigt hätte. Die Menschen begehen Straftaten aus den unterschiedlichsten Gründen, doch in der Wohnung von Charlotte Carpenter war einfach nichts zu finden, das ein Motiv geliefert hätte. Keine geheimen Tagebücher, in denen irgendwelche Geheimnisse geschrieben standen, keine verwerflichen Briefe, gar nichts.

Raub konnte ich als Motiv auch ausschließen, da sämtlicher Schmuck noch da war. Zumindest lag zu viel neben der Schatulle, als dass es ein Raub gewesen wäre. Ein Räuber hätte doch alles mitgenommen und nicht nur einen Bruchteil. Selbst wenn es kaum etwas wert ist. Ich werde Heather Wilkinson fragen, ob Charlotte Carpenter besondere Schmuckstücke besessen hatte.

Solche Ideen nach eventuellen Spuren blitzen immer mal wieder in meinem Kopf auf. Die würde ich vermutlich alle verwechseln oder vergessen, wenn ich nicht genau dafür ein kleines Büchlein in meiner Hemdtasche herumtragen würde. Systematisch kläre ich alle auftauchenden Fragen und Hinweise. Die meisten führen zu nichts, aber sie helfen mir, in meinem Kopf Ordnung zu bewahren und ein abgerundetes Bild der ganzen Zusammenhänge aufzubauen.

Diese Vorliebe für Notizen habe ich offensichtlich nicht als Einziger. Als ich heute Morgen noch mal in das Haus ging, war der Arzt samt Leiche verschwunden. Dort, wo Charlotte Carpenter gelegen hatte, offenbarte sich mir ein Detail, das gestern noch von der Toten verborgen war. Ein kleines Notizbuch, das hoffentlich einen Grund für ihren Tod liefert. Vielleicht doch noch ein geheimes Tagebuch mit Geheimnissen irgendwelcher Leute?

Den Grund des Todes nennt es mir leider nicht, aber der Täter war so nett, seinen Namen am Tatort zu hinterlassen. Duncan Nightham. Dieser Name steht auf dem Notizbuch und ist ein enormer Beweis für das Gericht. Wie sonst hätte die Tote auf dem Notizbuch liegen sollen, wenn es der Täter nicht während des Kampfes verloren hatte?

Die nächsten Schritte entsprachen dem Lehrbuch und waren gut für Constable George, der das ja alles lernen wollte. Ein bisschen zu jung für diesen Beruf, wenn man die meisten Kollegen fragt, aber seine Ambitionen gefallen mir. Er hatte vermutlich geübt, um seinen Text vor mir aufzusagen. Einen ganzen Vortrag hatte er mir gehalten, ehe ich überhaupt zu Wort gekommen war. Er hatte mir viel mehr erzählt als das, was er ausgesprochen hatte. In ihm schlägt das nach Gerechtigkeit schreiende Herz eines guten Ermittlers. Er war nicht, wie die meisten, planlos ins Haus der Polizei gekommen und hatte um eine Stelle gebeten. Er hatte mich persönlich abgefangen und in dem Vortrag so viel Feuereifer gezeigt, dass ich ihm die Chance gegeben hatte. Bisher bereue ich es auch nicht.

Dass er gleich zu Beginn seiner Ausbildung zur Verhaftung eines Mörders kommen würde, hatte sicherlich niemand gedacht. Auf dem Weg zu Duncan Nightham ließ ich Sergeant Ed alles erläutern, was es zu wissen gibt. Das war natürlich auch gut für Constable John, der allerdings regelkonform erst die Schule abgeschlossen und mit dem Abschluss dann bei uns angefangen hatte. George macht das etwas anders und will unbedingt vor Ort dabei sein. Die Schulbank kann ihm keiner ersparen, aber bis zum Beginn sehe ich keine Veranlassung, ihm den Wunsch nach praxisnaher Lehre zu verweigern.

Die Verhaftung nehme ich allerdings selbst vor und fühle mich vom ersten Augenblick an schlecht damit. Duncan Nightham ist ein großer und breiter Mann. Seinen strammen Armen sieht man das viele Kneten von Teig an. Der Mord wäre ihm ohne Weiteres möglich gewesen, soweit ich vom Arzt informiert wurde.

Ein Mann musste es gewesen sein, zu dem Schluss waren wir anhand der Schuhabdrücke schon gekommen. Der Arzt bestätigte auch, dass bei der aufgebrachten Kraft, mit der die Schläge ausgeführt wurden, eine Frau als Täterin höchst unwahrscheinlich ist. Nicht ausgeschlossen, aber unwahrscheinlich.

Ein weiteres Indiz sind die Handabdrücke am Opfer. Bei dem Kampf war sie offenbar gewürgt worden, außerdem hatte der Täter sie fest an den Oberarmen gepackt. Das hatte Quetschungen hinterlassen, die als Schimmer auf der Haut zu sehen sind und uns helfen, den Kreis der Verdächtigen einzugrenzen.

Bei Duncan Nightham passt alles. Er besitzt auf jeden Fall genug Stärke für eine solch brutale Tat. Außerdem sind seine Hände groß genug, sich um die schmalen Oberarme der Frau zu schlingen und Abdrücke zu hinterlassen.

Und trotzdem glaube ich nicht, dass er der Täter ist. Ich nenne es gern das Bauchgefühl eines guten Ermittlers. Zu erklären weiß ich es in den wenigsten Fällen und einem Richter gegenüber kann ich damit auch keine Anklage begründen, aber mein Instinkt hat mir schon oft geholfen und mich in die richtige Richtung gelenkt.

Duncan Nighthams Überraschung war jedenfalls echt, glaube ich. Er hatte beim besten Willen nicht mit einer Verhaftung gerechnet. Man könnte nun argumentieren, er sei sich sicher gewesen, dass man ihn nicht überführen könnte, doch daran zweifle ich. Er ist sich wirklich keiner Schuld bewusst. Er stritt auch vehement ab, etwas damit zu tun zu haben.

Ich muss auch gestehen, er ist der Erste, den ich als Verdächtigen verhafte, der mir Fragen stellt. Statt meine Fragen zu beantworten, stellte er mir Fragen, um seine Unschuld zu beweisen, noch ehe ich den Mund aufmachen konnte. So sollte das im Normalfall nicht ablaufen!

Nichtsdestotrotz beweist seine eigene Frage nur, dass er kein Alibi vorzuweisen hat. Zwischen seinem Haus und Charlotte Carpenter liegen nur einige Minuten Fußweg. Es wäre ihm also durchaus möglich gewesen, sie umzubringen und wieder ins Bett zu gehen.

Meiner Meinung nach scheitert es allerdings an dem Chaos im Haus. Ehe er das veranstaltet hätte, wäre schon aufgefallen, dass er nicht im Bett liegt. Und wie er selbst sagte, hätte unter anderem meine Frau bemerkt, dass es kein frisches Brot zu kaufen gäbe.

Für diese Ungereimtheit ließe sich sicherlich eine Lösung finden. Es wiegt nicht auf, dass wir ein Buch mit seinem Namen unter der Leiche gefunden haben.

Und dann wusste ich ganz sicher, dass er unschuldig ist. Ich legte ihm das gefundene Notizbuch vor und einige Sekunden starrte er es nur an. Dann schloss er die Augen und gestand eine Tat, die er nicht begangen hat. Was für ein Unsinn!

Es ist mir ein Rätsel, was in dem Mann vorgeht. Ich fragte ihn, ob es sein Buch sei, und er bejahte. Ich fragte ihn, ob er Charlotte Carpenter getötet habe, und er bejahte erneut. Mehr nicht. Zuvor waren seine Antworten ausschweifender gewesen. Er hatte alle möglichen Argumente aufgelistet, auch wenn sie vor Gericht keinen Bestand hätten. Auf jede Frage folgte eine lange und ausführliche Antwort. Und plötzlich sagte er nur noch „Ja" und nichts weiter.

Nein, das ist mir zu suspekt, um an diesem Punkt aufzuhören. Die meisten meiner Kollegen würden es tun und mein Sergeant freut sich auch schon über die Aufklärung, nur ich kann mich dem nicht anschließen. Und Constable George auch nicht, wenn ich ihn so ansah. Ich fragte ihn, was er denkt.

„Ich weiß nicht", murmelte er völlig geistesabwesend.

„Sprich alles aus", forderte ich und aus ihm sprudelten die gleichen Zweifel heraus, die auch ich in mir trage. Irgendetwas stimmt an diesem Geständnis nicht. Von einer Sekunde zur nächsten schwenkt Duncan Nightham von argumentativen Verteidigungen hin zu wortkargen Geständnissen.

Anfangs hatte ich ihm die Frage gestellt, ob er etwas gegen Charlotte Carpenter hätte. Daraufhin hatte er ohne Umschweife sofort geantwortet, dass er sie nicht mochte, weil sie angeblich den Männern reihenweise die Köpfe verdreht hatte. Einschließlich seinem Sohn. Dagegen hatte er etwas, deshalb brachte er sie aber nicht um.

„Wenn ich jeden umbringen würde, den ich nicht leiden kann, wäre die Stadt nur noch halb so groß", hatte er gesagt.

Ich kann mich gegen die vernünftigen Antworten nicht wehren, ich glaube ihm. Immer noch. Seit seinem Geständnis glaube ich mehr denn je an seine Unschuld und werde die Ermittlungen weiterführen. In Constable George weiß ich jetzt einen Verbündeten, der mit mir die Wahrheit sucht und keinen Sündenbock, der sich aus irgendwelchen Gründen anbietet.

Ich denke, mein nächster Weg wird mich zu Heather Wilkinson führen. Die Freundin des Opfers kann mir hoffentlich mehr über das Leben von Charlotte Carpenter erzählen. Ich brauche einen neuen Ansatz.

Heather Wilkinson

(Leiterin der örtlichen Frauenrechtsbewegung)

Neele ... Die gute Seele meines Lebens. Was würde ich nur ohne sie anfangen? Sie ist immer da, wenn ich sie brauche. Sie steht immer zu mir, egal in welchem Zusammenhang und wem gegenüber. Seit wir uns vor über zehn Jahren trafen, weiß ich, an ihrer Seite will ich leben und altern. Und kämpfen, denn darin bestand schon immer mein größtes Bestreben. Ich kämpfe für die Rechte der Unterdrückten. Im Speziellen: für die Erweiterung der Rechte von Frauen. Ich kann ebenso eine Entscheidung für mich treffen wie ein Mann. Ich brauche keinen Mann, der für mich entscheidet, wie ich mein Leben zu leben habe. Es ist mein Leben und dieses Recht sollte jeder Frau zugesprochen werden. Auch Frauen können arbeiten! Auch Frauen können wählen! Auch Frauen sind in der Lage, Vorgänge und Zusammenhänge zu erfassen! Nichts unterscheidet den Geist einer Frau von dem Geist eines Mannes. Nur unsere Körper unterscheiden sich, doch die fleischlichen Hüllen treffen keine Entscheidungen!

Eine meiner Mitstreiterinnen seit meiner Jugend war Charlotte. Sie von mir zu reißen, war eine Entscheidung, die ich dem Urheber sehr übelnehme. Ungeachtet des Geschlechts werde ich über den Schuldigen alles in Erfahrung bringen, das es zu wissen gibt. Ich will, dass er mir in die Augen sieht und mir erklärt, womit meine Zieh-Schwester den Tod verdiente.

Bis der Täter gefasst ist, werde ich viel Kraft brauchen. Kraft, die ich ohne Neele an meiner Seite nicht aufbringen könnte. Auch jetzt, einen Tag nach Charlottes Tod gelingt es mir nicht, mich auf ihren Nachruf zu konzentrieren. Immer wieder höre ich sie lachen, sehe sie freudig mit Neele und mir über die Wiese tanzen und frage mich: Wie kann das sein? Wieso muss ich an meinem Sekretär sitzen und in der Vergangenheit von ihr schreiben? Warum ist es mir nicht vergönnt, zu schreiben, wie fröhlich sie immer ist und wie nett? Nein, ich muss schreiben, sie *war* fröhlich.

Neele brachte mir eine Tasse Tee. Ihre Hände ruhten auf meinen Schultern und sie sah über mich hinweg zu den Notizen und Texten, die ich schon formuliert hatte.

„Es fällt dir schwer", erkannte sie mit einem mitleidigen Lächeln und ich war machtlos gegen die Tränen. In Neeles Gegenwart habe ich nie einen Grund gesehen, mich meiner Tränen zu schämen. Es kommt allerdings selten vor, dass ich mein Empfinden auf diese Weise zum Ausdruck bringe.

In den Armen meiner Liebsten atmete ich tief durch und versprach Charlotte im Stillen, ich würde sie in der Zeitung auf eine Weise beschreiben, die keinen Zweifel daran offenlässt, dass mit ihr der Sonne ein Strahl gestohlen wurde und die Erde von nun an düsterer wirke. In der Nacht ihres Todes hatte es furchtbar geregnet. Auch der Himmel hatte um sie geweint. Heute ist es noch immer bewölkt, doch trocken. Ich versuche mit aller Macht, auch meine Tränen zu trocknen, doch es ist nervlich belastend und körperlich kräftezehrend. Mehr denn je ...

Noch vor dem Mittagessen klopfte jemand an unsere Tür, dabei hatte ich gehofft, den Tag allein mit Neele verbringen zu dürfen. Ich brauche Zeit, mich zu fangen, ehe ich mich wieder der Öffentlichkeit präsentieren kann. Die Kraft dazu habe ich noch nicht.

Neele ging zur Tür und kehrte mit

Inspector Hadley zurück. Ich hoffte auf Neuigkeiten, vielleicht war der Täter schon ermittelt. Es würde mir möglicherweise leichter fallen, wieder in meinen Alltag zu finden, wenn ich wüsste, dieses Scheusal säße hinter Gittern.

Inspector Hadley kenne ich eigentlich nur als meinen Freund-Feind. Theoretisch ist er gegen alles, was ich tue. Andererseits schützt er mich vor jenen, die mit Gewalt gegen mich vorgehen, denn das Recht haben sie nicht und Inspector Hadley sorgt dafür, dass sich jeder an gegebenes Recht hält.

So sanft und einfühlsam wie heute habe ich ihn noch nie gesehen. Bevor er auch nur eine Frage zu Charlotte stellte, wollte er wissen, wie es mir ginge. *Nicht gut*, wäre die richtige, aber nicht höfliche Antwort gewesen. *Gut*, wäre die höflichere, aber unwahre und daher doch unhöfliche Antwort gewesen. *Besser*, kann ich ihm antworten, ohne zu lügen, und muss dabei trotzdem nicht auf die Höflichkeit verzichten. Auf jeden Fall geht es mir besser als am Tag zuvor, als er mich auf der Straße hatte auffangen und nach Hause bringen müssen.

Neele brachte uns frischen Tee und setzte sich neben mich. Sie gab mir Halt, mich den Fragen der Polizei zu stellen. Ich wusste gar nicht so recht, was ich Inspector Hadley antworten sollte. Der Nachruf und die Zeitung hatten mich so gefangen genommen, dass ich noch keine Entscheidung getroffen hatte, wie ehrlich ich sein wollte.

Natürlich hörte ich die Frage, die ich fürchtete. Hatte Charlotte Verwandtschaft? Ich erwähnte Charlottes Bruder und entschied mich damit spontan für eine Lüge. Neele weiß natürlich Bescheid, aber auch sie sagte nichts. Charlotte hatte keinen echten Bruder, nur auf dem Papier. Ähnlich wie ich und auch Neele war Charlotte es überdrüssig gewesen, von Männern dominiert und bevormundet zu werden. Unter dem Namen Charlotte Carpenter hatte sie keine Erlaubnis bekommen, einen Laden zu eröffnen. Zusammen mit Neele und mir erfanden wir dann ihren Bruder Charles, der den Laden eröffnete, allerdings die Leitung seiner Schwester überließ, weil er selbst stets auf Reisen war. Niemand hatte je wieder nach ihm gefragt, seit sie von Charles wussten.

Auch im Nachhinein stelle ich mir die Frage, ob ich Inspector Hadley die Wahrheit hätte sagen sollen. Er würde sich sicherlich auf die Suche nach Charles machen, aber den gibt es nicht. Er hat nie real existiert und ich hadere mit mir selbst, ob ich der Polizei davon berichten soll. Deren Zeit wäre sinnvoller auf der Suche nach dem Mörder genutzt. Andererseits könnte diese kleine Wahrheit das Ansehen eines Engels auf der Suche nach Freiheit beschmutzen.

Inspector Hadley stellte noch viele weitere Fragen über Charlotte. Mit wem traf sie sich, wen mochte sie, wie war sie finanziell gestellt und so weiter. Jede einzelne seiner Fragen brachte mir ihren Tod näher als ihr Leben, weil es Fragen waren, die sie ihm selbst am besten hätte beantworten können.

So stark will ich sein und bin es meist. In diesem Augenblick war ich schwach wie nie.

„Bitte", bat Neele irgendwann. „Können wir das verschieben? Charlotte war eine sehr enge Freundin. Heather ist nicht stark genug für diese Fragen. Noch nicht."

Nicht stark genug … Mangelnde Stärke hat mir bisher noch niemand vorgeworfen. Aber Inspector Hadley sah es ein und verabschiedete sich. Ich weiß ganz sicher, er wird wiederkommen, denn niemand kennt Charlotte so gut wie ich. Niemand kann ihm so viele seiner Fragen beantworten. Es ist mir auch wichtig, ihm zu helfen und meinen Beitrag zur Ergreifung einer Bestie zu leisten. Aber nicht mehr heute. Charlotte möge es mir vergeben, ich brauche dringend Schlaf. In Neeles Armen finde ich genügend Ruhe und werde hoffentlich morgen stark genug für die Wirklichkeit sein.

Adeline Alderten

(Frau des Gutsbesitzers)

Sue ist ausgegangen. Ich weiß nicht, was sie vorhat oder was sie bedrückt. Nur eines weiß ich: Sie wollte allein gehen. Da William nicht da ist, sehe ich keinen Grund, meine Tochter nicht allein gehen zu lassen.

Das Gute daran ist, dass Scarlett bei mir ist. Nachdem ich heute Morgen von Charlottes Tod gelesen habe, brauche ich eine Freundin. Auch Scarlett hat heute Morgen erst davon erfahren. Woher sie es wusste, weiß ich nicht. Als ich ihr schonend die Nachricht überbringen wollte, waren ihre Augen bereits gerötet und ich wusste mit einem Blick, ich brauchte keine schonenden Worte mehr suchen.

Wir beide fragen uns immer wieder, wie es Heather geht. Sie ist wie eine Schwester für Charlotte. Das muss sie sehr mitnehmen und ich bat Scarlett, nach Heather und Neele zu sehen. Wenn sie etwas brauchen, dann sollen sie es bekommen.

Ich sollte mich bei ihnen allerdings besser nicht

persönlich sehen lassen. Adeline Alderten im Haus von Heather Wilkinson? William würde durchdrehen, wenn er das hört. Mein Beitrag für die Zeitung ist immer Hintergrundarbeit und muss es auch bleiben. William darf nie erfahren, dass ich mit Heather, Neele, Scarlett und auch Charlotte für die Erweiterung unserer Rechte kämpfe.

Lieber nutze ich die Zeit, während Scarlett fort ist, um mich in Williams Arbeitszimmer umzusehen. Genau dort werde ich nämlich gebraucht. Hier finde ich Informationen, die Frauen sonst gar nicht zugänglich gemacht werden. Charlotte sagte mal, es sei eine Schande, dass ich mich für die hervorragende Arbeit verstecken muss. Aber so ist es nun mal. Würde William anfangen, die Bücher, Zeitungen und Berichte wegzuschließen, würde uns eine wichtige Informationsquelle verloren gehen. Er ist so oft außer Haus, dass ich ohne Probleme alles lesen kann, was sich in seinen Regalen befindet.

Es ist eine willkommene Ablenkung und ich schwelge nebenher in Erinnerungen an Charlotte. Mit Scarlett habe ich um sie geweint, doch ich weiß, Charlotte hätte sich keine Tränen gewünscht. Sie würde uns aufmuntern, nicht aufgeben. Wie soll sich etwas ändern, wenn niemand für die Änderung kämpft?

Ob das der Grund für ihren Tod ist? Ich habe mit Scarlett die Vermutung geäußert, einer der Artikel könnte jemanden so verstimmt oder in Bedrängnis gebracht haben, dass er Charlotte tötete. Aber wer? Scarlett will die letzten Ausgaben unserer Zeitung von Heather mitbringen. Dann haben wir wenigstens etwas zu tun. Charlotte, Heather und auch Neele treten hin und wieder als Autoren von Artikeln auf. Die meisten verfassen wir jedoch lieber anonym. In *Charlottes small Corner* gibt es die Zeitung zu kaufen. Aber den Boten umzubringen, halte ich nicht für sonderlich glaubhaft. Was hätte der Mörder davon? Ich weiß zwar nicht, wie es mit Charlottes Laden weitergeht, aber die Zeitung wird ja nicht nur dort verkauft. Will der unbekannte Täter jetzt sämtliche Ladenbesitzer umbringen?

Jedenfalls sollen Neele und Heather vorsichtig sein. Auch Scarlett und ich werden uns vor Fremden in Acht nehmen. Da William fort ist, nahm ich mir die Freiheit, Scarlett die Kutsche für die Fahrt in die Stadt zu überlassen. So wird ihr hoffentlich nichts zustoßen.

Sue war keine zwei Stunden fort, da suchte die Hausdame nach mir. Zum Glück bemerkte ich ihr

Suchen und stahl mich heimlich aus Williams Zimmer. Sie fand mich auf dem Gang in Richtung Küche. Es sei Besuch da, sagte sie.

Binnen eines Blinzelns war mir bitterkalt geworden. Noch eine Minute zuvor hatte ich gedacht, ich müsse mich in Acht nehmen, nun kam da ein Fremder in mein Haus, während William nicht anwesend war. Angst, die ich mir nicht anmerken ließ, lähmte meine Schritte. Meine Beine zitterten und mein Atem beschleunigte sich immer mehr, als ich nach unten zur Haustür ging.

Die Entspannung folgte nur bedingt. Finnegan McLoad stand an der Haustür. Er ist kein Fremder, ich kenne ihn. Seit gestern Abend. Er ist noch nicht lange in unserer Stadt, aber soweit ich gestern herausgehört habe, kam er erst an, nachdem Charlotte bereits getötet wurde. Er kann also nicht der Täter sein. Ein Freund ist er dennoch nicht und ich bin mir nicht sicher, ob ich ihm trauen kann. Von Byron McLoad halte ich auch nicht viel. Finnegan war am Abend aber eigentlich ganz nett gewesen.

Er war nervös, das sah ich ihm schon von der Treppe aus an. Hinter seinem Rücken hielt er einen Blumenstrauß fest umklammert und fragte mich nach Sue. Leider musste ich ihm sagen, dass sie nicht im Hause sei. Wo sie war, weiß ich nicht. Ich konnte Finnegan also nicht mal zu ihr schicken.

Der Junge tut mir leid. So aufgeregt, wie er hier vor mir stand, hatte er wohl auf ein Treffen mit Sue gehofft. Er machte sich Hoffnung, sie erobern zu können. Warum auch nicht? Er sieht gut aus, ist höflich und gut situiert. William dürfte nichts dagegen einzuwenden haben, sollte Sue sich für Finnegan entscheiden.

Ich erklärte ihm jedenfalls, dass Sue angekündigt hatte, den ganzen Nachmittag nicht zu Hause zu sein. Finnegan schlug enttäuscht die Augen nieder. Armer Junge ... So umworben wurde ich nie. Mein Vater bestimmte William als meinen Ehemann und ich hatte mich zu fügen. So sehr ich William auch ablehnte, weil wir nichts gemein haben, wurde ich nicht gefragt. Das einzig Gute, das ich William zugestehe, in seinem Leben erreicht zu haben, ist unsere Tochter. Und ich werde mit allen Mitteln verhindern, dass sie in eine genauso unglückliche Ehe geht wie ich. Sollte sie sich gegen Williams Wahl auflehnen, dann kann sie mit meiner Unterstützung rechnen. Ich werde immer hinter ihr stehen. Oder schützend vor ihr.

Emily Nightham

(Frau des Bäckers)

Ich dachte nicht, dass der Tag noch schlimmer werden würde. Angefangen hat es so schön. Ich hatte Brandon ermutigt, seinen Vater einfach um einen freien Tag zu bitten. Sicher, die Arbeit muss gemacht werden, aber Brandon ist noch ein Junge, der auch mal ausgehen möchte. Und nun bietet sich ihm endlich mal die Möglichkeit, da sollte er nicht aus Angst vor seinem Vater kneifen.

Es hat sich gelohnt. Duncan stimmte zu. Er ist ein großartiger Vater, ich erkenne es immer wieder.

Aus Sicht der Mutter in meinem Herzen muss ich gestehen, es war gut, dass Brandon weg war. Kurz darauf ging die Ladentür auf und drei Polizisten kamen herein. Mit ernsten Gesichtern und einer Spannung in der Haltung, die mich instinktiv ängstigte. Vielleicht lag es an dem autoritären, strengen und gefährlichen Auftritt der Drei, vielleicht auch an der Ahnung in meinem Herzen, dass es gleich zu einer Katastrophe käme - warum auch immer, ich fürchtete diese Männer, weil sie

Unheil bringen würden.

Und was für ein Unheil sie brachten. Ehe ich verstand, was vor sich ging, waren sie schon wieder fort und hatten meinen Mann mitgenommen. Erst später wurde mir bewusst, was Duncan in meinem Blick gesehen hatte. Er denkt, ich halte ihn für einen Mörder, dabei war ich in dem Moment noch lange nicht so weit gewesen, ihm zu sagen, ich glaube ihm.

Das tue ich auch jetzt. Mit absoluter Gewissheit weiß ich, dass er niemals einen Menschen töten würde. Ein Unfall kann immer passieren, aber niemals - in keinem Leben und keinem Szenario - wäre er imstande, einen Mord zu begehen.

Was also hatte dazu geführt, dass ich minutenlang neben der noch immer geöffneten Tür stand und ins Leere starrte? Wie kam die Polizei denn ausgerechnet auf Duncan als Mörder von Charlotte Carpenter? Was haben wir denn mit der zu tun, außer dass sie ein Geschäft in der gleichen Straße wie wir eröffnet hatte? Sie hatte keine Backstube aufgemacht und war keine Konkurrenz für uns. Ganz im Gegenteil, sie kaufte ihre Backwaren bei uns wie wir die tägliche Zeitung bei ihr. Meistens brachten wir dem jeweils anderen das Übliche gleich mit. Schickte ich Brandon zu Charlotte, die Zeitung zu holen, dann gab ich ihm ein halbes Mischbrot mit. Und kam Charlotte in unseren Laden, um ihr Brot zu kaufen, dann brachte sie die Zeitung mit. Es gab doch keinen Grund für Feindschaft.

Freilich, Duncan mochte sie nicht besonders gut leiden, das ist doch aber kein Mordmotiv. Ich nehme doch auch nicht jedem das Leben, nur weil ich ihn nicht mag.

Es muss irgendeinen anderen Grund geben, der Inspector Hadley dazu gebracht hatte, Duncan zu verhaften. Nicht einfach zu verhören und eventuell ein Alibi zu erfragen, sondern gleich zu verhaften. Dem sollte ein dringender Verdacht vorausgehen und den kann ich mir beim besten Willen nicht erklären.

Duncan blieb den ganzen Tag fort. Am frühen Abend kehrte Brandon zurück und ich wusste, er hatte den Tag sehr genossen. Vermutlich wollte er mir erzählen, was er mit der Frau seines Herzens erlebt hatte, aber er sagte nicht ein Wort dazu. Ich war immer noch zerstreut und mein Junge spürte, dass etwas geschehen war. Natürlich wollte er

Antworten, doch die konnte ich ihm nicht geben. Nach Stunden der schweigsamen Grübeleien war ich keinen Schritt weitergekommen. Und Inspector Hadley kam auch nicht, um mir zu erklären, was es mit diesem Irrtum auf sich hat. Etwas anderes kann es nicht sein - ein Irrtum!

Immerhin dahingehend hatte ich Recht. Ein Irrtum war es.

Als Inspector Hadley schließlich zu uns kam, erzählte er, Duncan hätte den Mord wahrhaftig gestanden. Er hatte ein Geständnis abgelegt und nahm alle Schuld auf sich. Erneut war ich wie gelähmt, weil ich mir immer noch nicht vorstellen konnte, was ihn zu so einer Tat treiben sollte. Nicht mein Duncan!

Den Grund für den Mord konnte mir auch Inspector Hadley nicht nennen. Duncan hatte sich zum Motiv für seine Tat nicht geäußert.

„Wieso sollte er?", schluchzte ich. Mein ganzes Leben - unser Leben - brach völlig zusammen, ohne dass ich etwas dagegen tun konnte. Ich war den Ereignissen ebenso machtlos ausgeliefert wie mein Junge. So schweigsam hatte ich mir den Abend nach seiner Verabredung nicht vorgestellt.

Inspector Hadley holte ein Notizbuch hervor und erklärte, das habe unter der Leiche von Charlotte Carpenter gelegen. Ich brauchte nur einen Blick auf das Notizbuch und wusste, warum mein Mann einen Mord gesteht, den er nicht begangen hat. Das Notizbuch hatte er von seinem Vater bekommen, als er die Lehre zum Bäcker angefangen hatte. Darin standen in kryptischen Kürzeln die Rezepte allermöglicher Teigwaren. Vor etwas mehr als einem Jahr hatte Duncan dieses Büchlein an Brandon weitergegeben, als der seine Lehre begonnen hatte.

Brandon!

Das ist für mich sogar noch unvorstellbarer als Duncan!

Brandon hatte doch erst recht keinen Grund, Charlotte zu töten!

Brandon selbst erkannte das Buch natürlich auch und rutschte im Schock beinahe vom Stuhl. Er schnappte nach Luft und klammerte sich auf der Suche nach Halt an die Tischkante.

„Nein!", rief er aus und ich hätte ihn gern aufgehalten. Aber ich stand selbst zu sehr unter Schock, um schnell genug reagieren zu können.

Brandon nahm die Last der Schuld von den Schultern seines Vaters. „Das gehört nicht meinem Vater, es ist meins." Im gleichen Atemzug beteuerte er aber auch, dass er Charlotte nicht getötet hatte.

Das half nur nicht, wenn sein Notizbuch unter der Leiche eines Mordopfers gefunden wird. Inspector Hadley fragte ja auch ganz direkt, wie es sein konnte, dass das Buch überhaupt in Charlottes Nähe war und nicht bei ihm.

„Ich muss es verloren haben", versuchte Brandon zu erklären. Ohne Erfolg. Er hatte mir und der Polizei bewiesen, dass Duncan kein Mörder ist, dafür wurde er nun von Inspector Hadley mitgenommen.

Ich blieb natürlich nicht allein zurück und redete den ganzen Weg über auf den Ermittler ein, mein Sohn sei kein Mörder! Er hatte doch die ganze Nacht in seinem Bett gelegen und geschlafen! Die einfache und mit einem müden Lächeln ausgesprochene Gegenfrage lautete: Hatte ich die ganze Nacht neben ihm gewacht? Nein, das hatte ich natürlich nicht, mein Sohn ist schließlich beinahe erwachsen.

Aber eben nur beinahe. Weinend, verzweifelt und voller Angst rief er nach seiner Mutter, als sie ihn von mir nahmen. Sie zerrten ihn einfach in einen Raum und verschlossen die Tür. Keine Wand kann dick genug sein, um seine Tränen nicht zu hören.

Auf der gegenüberliegenden Seite wurde dafür eine Tür geöffnet. Dahinter verbargen sich einige Zellen und aus einer kam mein Mann heraus. Ich konnte mich nicht mal darüber freuen. Alles, was ich wollte, war die Nähe meines Sohnes.

Duncan verstand natürlich sofort und rief durch die geschlossene Tür, Brandon möge kein Wort sagen. Wir würden uns um einen Anwalt kümmern. Wovon wir den bezahlen sollen, weiß ich nicht.

Inspector Hadley versicherte uns, heute Abend würde niemand mehr befragt werden. Und das heißt, jetzt in diesem Augenblick, da ich zu Hause am Tisch sitze und diese Zeilen schreibe, sitzt mein Junge in einer Gefängniszelle ganz allein. Ich durfte mich nicht mal verabschieden. Duncan sitzt neben mir, ganz nah. Wir beide wissen, dass wir keinen Mörder zum Sohn haben, nur den Beweis können wir nicht erbringen, solange wir nicht wenigstens die Erlaubnis bekommen, mit Brandon zu reden.

Byron McLoad

(Anwalt)

Es ist unerträglich, was einem heutzutage alles zugemutet wird!

Das Dinner bei William Alderten ist sehr zufriedenstellend verlaufen. Mich kennt William ja schon lange und ich stellte ihm Finnegan vor. Williams Frau und Tochter standen bei ihm. Auch die kenne ich und William machte Finnegan mit Susanne Edith bekannt. Ich beobachtete ihn währenddessen. Ob er eine Ahnung hat, was sein Vater mit diesem Ausflug bezweckt, das weiß ich nicht. Aber in dem Moment, da sie ihm vorgestellt wurde, hellte sich seine Miene auf. Nicht unangemessen natürlich, aber als sein Onkel sah ich eine Regung, die ich meinem Bruder natürlich übermitteln werde.

Es freut mich, dass ich ihm auch von dem weiteren Verlauf des Abends in positiven Worten berichten kann. Susanne Edith Alderten unterhielt sich beinahe den ganzen Abend nur mit Finnegan. Die beiden scheinen sich richtig gut zu verstehen.

Sie nutzten den Abend, um sich kennenzulernen. Dafür war er ja auch gedacht.

Natürlich hatte ich nichts dagegen, Finnegan noch einige Zeit länger bei mir aufzunehmen. Der Junge bat mich am Abend, auf dem Weg von dem Dinner nach Hause, noch ein oder zwei Tage länger bei mir bleiben zu dürfen, weil er Susanne Edith Alderten gern noch öfter treffen wollte. Solange mein Bruder nichts dagegen hat und die Pflicht nicht nach Finnegan ruft, kann er natürlich bei mir bleiben. Was spricht schon dagegen?

Hätte ich mal lieber abgelehnt und ihn umgehend in einen Zug nach Hause gesetzt. Das hätte ihm Kummer erspart. Und mir einige Nerven. Nach dem langen Abend im Haus der Aldertens sah ich keinen Grund, Finnegan heute Morgen zu wecken. Ich hatte zwar noch ein paar Besorgungen zu machen und einige Dinge vorzubereiten, aber er konnte schlafen, solange er wollte.

Am Nachmittag, als ich heimkehrte, war er jedenfalls gerade auf dem Weg aus dem Haus. Er wolle zu den Aldertens, sagte er. Ich gab ihm den Rat mit, ein Geschenk für Susanne Edith mitzunehmen. Das kommt doch bei Frauen immer gut an.

Finnegan dankte mir für den Rat und verschwand. Ich dachte nicht, dass ich ihn vor dem Abend wiedersehen würde, doch schon eine Stunde später war er zurück. Die Tochter von William Alderten war nicht zu Hause!

Das muss man sich mal vorstellen!

Es ist eine unerhörte Frechheit, als junge Frau einfach aus dem Haus zu gehen. Vor allem dann, wenn der zukünftige Ehemann in der Stadt ist und jederzeit vor der Tür stehen könnte. Sie sollte zu Hause sitzen und nervös und gespannt auf seinen Besuch warten. Es ist einer Frau und vor allem einer Alderten nicht würdig, sich irgendwo in der Gegend herumzutreiben. Wo kämen wir denn hin, wenn alle Weiber munter durch die Gegend spazierten? Einen kleinen Spaziergang durch ihren Garten hätte sie ja machen können, dann hätte Finnegan zu ihr aufschließen können. Aber nein, sie war nicht mal in der Nähe des Hauses.

Wenn William davon erfährt, wird er vermutlich ebenso entrüstet sein wie ich. Das ist für mich jedoch kein Grund, es ihm zu verheimlichen. Sobald er zurück ist, werde ich ihm vorhalten, wie sich seine Tochter meinem Neffen gegenüber benimmt.

Er sollte seine Tochter besser unter Kontrolle haben. Es geht doch nicht an, dass sie sich aus dem Staub macht, sobald ihr Vater außer Reichweite ist!

Diese Frauen ... Die machen einem nur Ärger! Wollen Geschenke und Aufmerksamkeit und fügen sich trotzdem nicht. Was soll aus unserer Gesellschaft bloß werden, wenn die Weiber immer aufsässiger werden? Der Gedanke wehte schon oft durch meinen Kopf. Überall sieht man immer mehr Frauen, die eigene Rechte fordern und unabhängig ihrer Ehemänner agieren wollen. Das kann nur in einem totalen Zusammenbruch der Gesellschaft enden. Und dann schreien sie nach den Männern, die alles wieder richten müssen. Typisch!

06. August

Brandon Nightham

(Sohn des Bäckers)

Wie nah Himmel und Hölle doch beieinanderliegen. Den ganzen gestrigen Tag über schwebte ich im Himmel, tanzte mit Sue über Wolken und genoss das Leben mehr, als ich je zu beschreiben imstande wäre.

Sue hatte erzählt, sie mochte den Lauf des Flusses, deshalb hatte ich sie zum Picknick am Flussufer eingeladen. Für den Ausflug hatte ich auch besonders gutes Brot gebacken. Mit meinen eigenen Händen hergestellt und von Sue verzehrt. Sie genießt es, etwas zu essen, das ich gebacken habe, sagt sie immer wieder. Da stieg ich im Ansehen natürlich, als ich für den Nachmittag auch noch süße Teilchen mitbrachte.

Der Platz, den ich ausgesucht hatte, ist perfekt.

Von einer kleinen Anhöhe aus hat man einen ungebrochen schönen Blick auf den immerwährenden Flusslauf. Er macht eine Biegung an der Stelle und einige Felsen erzeugen Verwirbelungen. Auf dem Hügel steht ein einziger Baum mit breiter Krone. Darunter haben wir gesessen und den Tag verstreichen lassen. Mal saßen wir an den Baum gelehnt, mal standen wir in der Sonne und sahen dem Wasser beim Fließen zu, aber die meiste Zeit lehnte Sue an meiner Seite, die Augen geschlossen, und lauschte meinen Worten. Charlotte hatte uns ein Buch geliehen. Ihre Lieblingsgedichte. Eins ums andere las ich vor und genoss die zarten Berührungen, die Sues Finger meiner freien Hand schenkten.

Nachdem wir eines der Gedichte beendet hatten, waren wir uns in der Interpretation nicht ganz einig. Das kommt immer mal wieder vor. Es macht uns Freude, uns ausführlich darüber zu unterhalten. Sue hatte eine angefangene Stickarbeit dabei und manchmal, wenn sie meinen Ausführungen folgte, zog sie die Stirn in Falten, behielt die Augen auf dem Stück Stoff und kräuselte die Nase, um mir ohne Worte zu sagen, dass sie anderer Meinung ist.

Daran ist nichts auszusetzen, wie ich finde. Wir

müssen uns nicht in allen Dingen einig sein, solange wir im Wesentlichen übereinstimmen. Anfangs war das schwierig gewesen, weil Sues Vater die Auffassung vertritt, eine Frau sollte keine eigene Meinung haben, sondern ihrem Mann nach dem Mund reden. Mehr als einmal habe ich Sue gesagt, sie solle sich vor mir nicht verstellen. Mich interessiert doch, was sie tatsächlich denkt.

Inzwischen können unsere Diskussionen bisweilen auch mal hitzig werden, aber nie im Streit. Wir gleichen uns eben nicht als wäre sie mein Schatten oder umgekehrt. Das ist gut so, denke ich. Vermutlich wäre es mir langweilig, wenn meine Frau immer meiner Meinung ist. Worüber spricht man denn dann den ganzen Tag?

So schön war das Gestern. Als ich nun heute Morgen aufwachte, sah es ringsherum nicht mehr nach dem Himmel auf Erden aus. Kein plätscherndes Wasser eines Flusses, keine Melodie des Windes in den Bäumen, keine Sonne auf meiner Haut und keine Sue an meiner Seite. Der letzte Punkt allein macht aus dem Paradies die Hölle für mich. Aber umgeben von Gitterstäben, eingesperrt in feuchtem, kalten Stein ... Ich wünsche mich zurück an den Rockzipfel meiner Mutter. In meinem

Alter sollte ich derartige Gedanken nicht mehr haben, aber ich fürchte, was mir dieser Tag bringen könnte. Zu vieles ist noch ungewiss.

Angefangen bei meinem Vater. Seit dem Vortag, seit Inspector Hadley uns das Notizbuch zeigte, grüble ich vor mich hin, ob mein Vater mich für einen Mörder hält. Er selbst ist keiner, daran hatte ich auch nicht gezweifelt, als Inspector Hadley erzählt hatte, mein Vater habe ein Geständnis abgelegt. Nicht in einem einzigen Augenblick kann ich glauben, mein Vater habe einen Menschen getötet. Niemals!

Der einzige Grund für sein Handeln, für sein falsches Geständnis, war das Notizbuch seines Vaters gewesen. Wenn er bei diesem Anblick einen Mord gesteht, den er nicht begangen hat, dann kann das nur bedeuten, er glaubt wirklich, ich habe Charlotte getötet. Wie kann mein eigener Vater auch nur vermuten, ich wäre zu solch einer Gräueltat überhaupt fähig?

Und dann auch noch ausgerechnet Charlotte! Das hätte ich nicht gekonnt. Sie war doch meine Freundin. Davon weiß mein Vater zwar nichts, weil er nicht gut auf sie zu sprechen ist, aber selbst wenn ich mit ihr zerstritten gewesen wäre, hätte ich sie doch nicht umgebracht. Hat mein Vater wirklich eine so schlechte Meinung von mir?

Und Sue? Wird auch sie an meine Schuld glauben, wenn sie erfährt, dass ich für den Mord verhaftet wurde? Sollte das Ende unseres Glücks schon begonnen haben? Sollte mein junges Leben im Gefängnis enden? Für ein Verbrechen, das ich nicht begangen habe? Wird man mir glauben? Werde ich meine Unschuld beweisen können?

Ich fürchte mich vor dem heutigen Tag. Was wird er mir bringen? Keinen Zweifel, der Inspector wird mir die Frage stellen, wie mein Notizbuch zu Charlotte kam. Es gibt eine einfache Erklärung dafür, doch die kann ich ihm unmöglich nennen. Niemals würde mir meine Freiheit mehr bedeuten als Sues Glück.

Hoffentlich erfährt sie nichts davon. Ganz sicher bin ich mir nicht, aber ich ahne zu sicher, dass es sie zu Dummheiten verleiten könnte, die gefährlich für sie wären. Das will ich nicht. Auf keinen Fall. Lieber verbringe ich mein Leben als Geächteter im Gefängnis oder sehe dem Galgen entgegen, als meine Liebste zu verraten.

Susanne Edith (Sue) Alderten

(Tochter des Gutsbesitzers)

Einige Stunden sind erst vergangen, seit ich mit Brandon den schönsten Tag in meinem Leben verbrachte. Die wunderschöne Natur am Flussufer und niemand außer uns beiden weit und breit. Keine Angst in unseren Herzen, dass man uns zusammen sehen könnte. Kein ständiges Aufpassen, keine Sorge, nur zwei Liebende unter sich. Ein Traum, den ich noch lange festhalten werde. Aus ihm schöpfe ich die Kraft und werde mich meinem Vater stellen. Er meint, nur Gutes für mich zu tun, doch daran kann ich nicht glauben, wenn mir Gottes Wille im Herzen liegt. Brandon liebe ich und nur ihn. Dieses Gefühl gab mir Gott sicherlich nicht umsonst. Ich werde mit allen Mitteln versuchen, meinen Vater davon zu überzeugen.

Dafür muss ich allerdings noch einige Zeit verstreichen lassen. Nach den jüngsten Ereignissen ist es nicht ratsam, ihn zu bitten, mich an Brandon Nightham zu übergeben.

Vater kam heute schon von seiner Reise zurück.

Einen Tag früher als geplant. Zum Glück nicht zu früh, sonst hätte ich erklären müssen, wo ich den ganzen gestrigen Tag verbrachte. Irgendwas wäre mir sicherlich eingefallen, aber ich mag es nicht, ihn zu belügen. Und meine Mutter, denn außer Scarlett weiß niemand von Brandon und mir.

Nun kam Vater heim und hatte natürlich schon von dem Mord an Charlotte gehört. Charlotte war mir immer eine Freundin gewesen, doch auch davon weiß in diesem Haus niemand. Nur bei Scarlett kann ich die Trauer zulassen, ohne erklären zu müssen, wieso mich der Tod einer eigentlich Fremden so mitnimmt. Als ich es erfahren habe, bin ich auch zu Scarlett gelaufen und habe geweint. Weder Mutter, noch Vater dürfen wissen, dass ich Charlotte gut kannte.

Auch mein Treffen mit Brandon gestern war überschattet von diesem Ereignis. Aus Charlottes Buch las er mir vor und wir sprachen viel über sie. Wir haben beide eine Freundin verloren und dürfen nur uns gegenüber offen die Trauer zeigen. Ist es nicht tragisch, dass wir vorgeben müssen, der Tod eines Menschen würde uns nicht berühren? Wie kann die Welt so kalt sein? Wie kann die Menschheit mit so viel Kälte gedeihen, wenn einige unter ihnen so viel Wärme im Herzen tragen?

Charlotte war auch ein solcher Mensch. Sie konnte Liebe für alles und jeden empfinden. Mitgefühl und die Fähigkeit, die Bedürfnisse eines anderen in dessen Augen zu lesen, so sehr er versuchte, die eigenen Gefühle zu verbergen. Meine Eltern können in meinen Augen beide nicht lesen. Scarlett kennt mich besser als meine eigene Mutter und ich weiß nicht, ob ich zu kompliziert denke und fühle, aber mir gefällt diese Distanz nicht. Die Distanz zwischen Menschen und vor allem zwischen den Eltern zu ihren eigenen Kindern. Ich kenne einige, die ihren Eltern etwas vorleben, das sie eigentlich nicht für richtig halten. Wieso ist das so? Auch meine Eltern hatten nicht heiraten wollen, wieso hatten sie es dennoch getan? Wieso haben sie freiwillig ihrem Unglück zugestimmt?

Ich habe so viele Fragen, die mir niemand beantwortet, weil ich sie niemandem stellen kann. Würde ich meinem Vater diese Fragen stellen, würde er mich vermutlich als Tochter verweigern und aus dem Haus werfen. Seiner Ansicht nach habe ich mir gar keine Gedanken über solche Dinge zu machen. Alles, was über die Haus- und Handarbeit hinausgeht, hat mich nicht zu interessieren.

Ich kann doch aber meinen Kopf nicht abstellen. Bisher fand ich noch keine Möglichkeit, meinen Gedanken zu verbieten, diese Fragen zu stellen. Nur laut werde ich sie nicht aussprechen. Du, mein Tagebuch, und ich - wir kennen meine Gedanken, das muss genügen. Vielleicht finde ich irgendwann jemanden, der mir Antworten geben kann. Nach der Einstellung meines Vaters traue ich mich kaum, Brandon meine Gedanken zu offenbaren, dabei ist es genau das, was er will. Er betont es selbst immer wieder aufs Neue: Ich solle sagen, was ich denke, nicht was ich denke, das er mir vorschreiben wolle. Er schreibt mir gar nichts vor. Das gefällt mir so an ihm. Er verfügt über all die Charaktereigenschaften, die ich an meinem Vater vermisse.

Da liegt aber auch das Problem, denn Brandon ist alles, was mein Vater ablehnt. Und das merke ich ihm auch immer wieder an. Vor allem heute, da er nach Hause kam. Er hatte von Charlottes Tod gehört und war noch in der Stadt unterwegs gewesen. Vor allem bei der Polizei, erzählte er. Als William Alderten, das betont er täglich, kann man schon einige Privilegien fordern. Unter anderem Informationen, die dem Rest der Bevölkerung nicht zustehen. Ich kann mir gut vorstellen, wie er aufgetreten war. Stolz und gestrafft, hoch erhobenen Hauptes ... Manche nennen es auch Arroganz und ich kann dem nicht widersprechen. Mein Vater ist arrogant und stolz auf einen Namen, den er mit der Geburt bekommen hat. Es ist ja nicht so, dass er sich den Ruf des Namens erarbeitet hätte, er hat ihn geerbt und damit auch sämtliche Rechte. Alle anderen sind in seinen Augen mindere Lebensformen. Wenn er nach Hause kommt, dann zieht er seinen Mantel aus und wirft ihn demjenigen entgegen, der am nächsten steht. Meist unsere Hausdame. Die muss den Mantel dann aufhängen, ihm Stock und Hut abnehmen und sich anhören, was er in den nächsten fünf Minuten haben will. Tee oder Kaffee, eine Mahlzeit oder nur Gebäck, die Zeitung oder vielleicht seine Frau. Das muss die Hausdame dann alles in die Wege leiten, während er sich irgendwo im Haus hinsetzt und wartet. Die armen Bediensteten müssen ihn dann suchen, um die Befehle auszuführen. Ich mag nicht, wenn er so ist, und nutze manchmal die Gelegenheit, ihn an der Tür aufzuhalten, um den Leuten wenigstens die Chance zu geben, alles in der gewünschten Zeit zu schaffen.

Kommt er nach einer Reise heim, ist es sogar noch schlimmer, deshalb empfange ich ihn mit

Mutter an der Tür und werde ihn lange genug aufhalten, so plante ich es.

Sein erster Satz noch vor einer Begrüßung: „Wisst ihr, was ich eben hörte?"

Nebenbei hatte er seinen Mantel ausgezogen und ich ihn schnell an mich genommen, bevor der Stoff zum Wurfgeschoss werden konnte. Wenn ich ins Haus komme, dann kann ich meinen Mantel allein an die Garderobe hängen.

Jedenfalls steckte in seiner Stimme schon so viel Selbstgefälligkeit, dass ich gar keine Lust mehr hatte, ihm zuzuhören. Das wurde nicht besser, als er weitersprach. Ob von einem Polizisten oder durch den Tratsch der Stadt - ich weiß nicht, woher er wusste, dass Brandon verhaftet worden war. Wegen des Mordes an Charlotte, dabei bin ich mir absolut, unumstößlich sicher, dass Brandon nichts damit zu tun hat. Nicht nur, dass Brandon niemals Charlotte etwas antun könnte, er würde auch keinem anderen Menschen jemals Leid zufügen. Da gibt es für mich keine Frage.

Das sieht mein Vater natürlich ganz anders und kann es nicht lassen, sich lang und breit darüber auszulassen, wie Recht er doch mit dem *Burschen* hatte. So nennt er Brandon, wenn er gut drauf ist. Ein Gauner sei Brandon und vermutlich auch ein Dieb. Er wird Charlotte Carpenter bestohlen haben und dabei war er erwischt worden, so die Vermutungen eines Mannes, der selbst nicht gerade ein Musterbeispiel für Frömmigkeit ist. Ich hasse, wenn er so erhaben über andere spricht und sich Urteile bildet, die ihm gar nicht zustehen. Er kennt Brandon doch gar nicht. Ich würde für diesen *Burschen* meine Hand ins Feuer legen!

Meinen Zorn sollte mein Vater besser nicht mitkriegen. Ebenso wie die Trauer über Charlottes Tod verbarg ich auch die Wut in meinem Inneren. Scarlett war nicht anwesend, sonst hätte immerhin einer im Raum bemerkt, dass ich schauspielerte. Ganz unschuldig fragte ich, ob die Polizei denn sicher sei. Es müsse ja Beweise geben. Meine völlig unschuldige Frage beinhaltete auch die Nuance von Angst in der Stimme, ob der Ort denn nun wieder sicher wäre.

Ich bin immer noch stolz darauf, dass ich die Ruhe bewahrte und meinen Vater nicht schreiend zurechtwies. So bekam ich nämlich die Information, dass es wohl an einem Notizbuch festgemacht wurde, das man bei Charlotte gefunden hatte. Es gehört Brandon und sei damit eindeutig, meinte mein Vater, dabei weiß ich es besser. Und ich habe nicht vor, dieses Wissen für mich zu behalten. Soll mein Vater von mir denken, was er will, aber Brandon kann ich unmöglich im Gefängnis sitzen lassen. Nicht für mein Glück und mein Ansehen vor meinem Vater - einem Mann, den ich nicht mal schätze und der mich nicht kennt und schätzt.

Höflich entschuldigte ich mich zu meinem Unterricht bei Scarlett. Ich hoffte, sie würde mich decken, bisher hatte sie es immer getan. Wieso nicht jetzt?

Sie stimmte sofort zu, als ich ihr erzählte, um was es ging. Da ich nicht unauffällig das Haus verlassen konnte, kam Scarlett mit und erklärte, wir würden in der Stadt einige Bücher suchen. Damit war mein Vater zufrieden, gab mir genügend Geld mit und ließ uns gehen.

Unser Ziel waren aber keine Bücher, sondern die Polizei. Scarlett kam mit mir hinein. Sie kennt Brandon ebenso, denn oft muss ich sie mitnehmen, wenn ich Brandon sehen will. Sie hält sich mit einem Buch dann im Hintergrund und lässt uns allein. Oder sie diskutiert mit uns, dann wird es oft sehr lehrreich für uns alle Drei.

In einem Gebäude der Polizei war ich noch nie zuvor. Es war erdrückend, ohne dass ich den Grund dafür hätte ausmachen können. Das Wissen über die Anwesenheit von Verbrechern allein kann es nicht gewesen sein, denn darauf hatte ich mich innerlich vorbereitet. Vielleicht war es das Dunkel, das mich einschüchterte. Der Empfang hat keine Fenster, nur die Tür, durch die wir gekommen waren, spendete ein wenig Licht. Ich fühlte mich vom ersten Augenblick an unwohl und mein Herz wird schwer, wenn ich daran denke, wie Brandon sich fühlte. Eine Nacht saß er schon fest, hatte mein Vater erzählt. Und das nur, weil ich nicht eher davon erfahren hatte.

Ich fragte nach dem zuständigen Ermittler im Fall Charlotte Carpenter und wurde in das Büro von Inspector Hadley geführt. Sein Gesicht kam einem Witz gleich. Mit dem Besuch zweier Damen hatte er eindeutig nicht gerechnet. Und schon gar nicht mit dem Spross der Aldertens.

Er bot uns Stühle, dafür musste sein Sergeant aufstehen und stellte sich hinter Inspector Hadley.

„Wie kann ich ihnen helfen?", hatte dieser gefragt, dabei wollte ich doch ihm helfen und erklärte ihm das Missverständnis.

Seit langem schon bin ich mit Charlotte Carpenter befreundet. Ebenso Brandon Nightham. Da mein Vater mich nicht mal mit Brandon sprechen lässt, half uns Charlotte. Einmal hatte ich mich mit Brandon in ihrem Laden verabredet. Der war immer voll und es fiel nicht auf, wenn wir in einer Ecke standen und uns unterhielten. Charlotte hatte es dennoch bemerkt und uns angeboten, in einem Hinterzimmer bei einer Tasse Tee weiterzureden.

Seither waren wir oft bei ihr gewesen, weil wir uns nirgends sonst treffen konnten. Wir brauchten einen Ort, an dem uns niemand zufällig sehen konnte. Und den bot uns Charlotte. Meist im Abstand einiger Minuten kam einer von uns zur Vordertür des Ladens hinein, der andere durch die Hintertür ins Wohnhaus. Und genauso gingen wir auch wieder.

Hin und wieder, wenn der Laden nicht viel Arbeit bot, saß Charlotte mit bei uns, trank Tee und unterhielt sich gemütlich mit uns. Im Laufe der Zeit haben wir all ihre Gedichtsammlungen gelesen und viel darüber debattiert. Auch mit Charlotte und Scarlett zusammen. Es waren ja keine Treffen wie im Bordell, ich mag Brandon und genieße die Zeit mit ihm. Was ist daran denn falsch, außer dass mein Vater einen mir unbegreiflichen Groll gegen die Familie Nightham hegt?

Bei unserem letzten Treffen war ich nach Brandon gegangen. Es war einen Tag vor Charlottes Tod gewesen. Beim Hinausgehen hatte ich Brandons Notizbuch gefunden. Es war ihm aus der Tasche gerutscht und lag auf dem Sofa, auf dem wir gesessen hatten. Da ich es nicht bei Brandon in der Bäckerei vorbeibringen konnte, ohne seinem Vater alles erklären zu müssen, hatte ich es Charlotte zur Aufbewahrung gegeben, bis sie Brandon wiedersieht. Sie hatte es in ihre Rocktasche gesteckt. Vermutlich war es herausgerutscht, als sie … Ich bringe nicht fertig, es niederzuschreiben oder es auszusprechen. Ich kann es nicht mal denken.

Scarlett legte ihre Hand an meinen Rücken, um mich zu beruhigen, damit ich Inspector Hadley erklären konnte, was ich meinte. Das war gar nicht nötig, der Mann wusste, worauf ich hinaus wollte.

„Wieso erzählt er das nicht?", fragte er und ich wusste, ich konnte Brandon nur mit absoluter Aufrichtigkeit helfen.

Also erzählte ich Inspector Hadley von meinem

Vater. Er verbietet mir den Kontakt zu Brandon, ohne je eine vernünftige Erklärung dafür zu haben. Brandon erzählte nichts der wahren Umstände, weil er mich schützen will. Aber nicht auf diese Weise, das kann ich nicht zulassen. Er soll nicht für ein Verbrechen verurteilt werden, das er nie hätte begehen können, nur weil ich zu feige bin, die Wahrheit zu sagen.

Mit diesen neuen Informationen gab es nicht mal mehr ein Indiz dafür, dass Brandon etwas mit Charlottes Tod zu tun hatte. Inspector Hadley schickte seinen Sergeant gleich los, Brandon aus der Zelle zu holen. Ich musste alles niederschreiben und besiegelte mit der Unterschrift vermutlich meinen Untergang. Mein Vater wird platzen vor Zorn.

Adeline Alderten

(Frau des Gutsbesitzers)

Nach Williams Rückkehr war Sue irgendwie anders. Zugeknöpft und nicht so fröhlich, wie ich sie kenne. Von einem Augenblick zum anderen war sie wie ausgewechselt. Deshalb verschwieg ich ihr auch den Besuch von Finnegan McLoad. Vielleicht hätte sie das aufgeheitert, aber das Mutterherz in meiner Brust zweifelte daran und ich behielt es für mich.

Erst Stunden später erfuhr ich, wieso sie so in sich gekehrt war. Brandon Nightham! Mein Mann hat kein gutes Verhältnis zur Familie Nightham, das weiß ich. Er hatte Sue den Umgang mit ihnen verboten und ich war tatsächlich so naiv gewesen, zu glauben, Sue hätte sich daran gehalten. Ein Kind, geboren in meinem Schoß, würde sich vermutlich nie fügen. Dabei war sie immer ein folgsames Kind gewesen. Nicht so wie ich in meiner Kindheit. Ich habe oft aufbegehrt und mein Vater hat mich hart bestraft. Bei Sue war das nie nötig gewesen. Nun stellt sich heraus, sie hat es nur raffinierter angestellt als ich. Statt offen die Anweisung abzulehnen, hinterging sie sie einfach.

Als Mutter kann ich das natürlich nicht gutheißen, es hat immerhin einen Grund, warum wir ihr etwas verbieten. In Bezug auf die Familie Nightham sehe ich allerdings keinen Grund. William hat bisher auch nie eine überzeugende Erklärung abgegeben, er hatte es eben beschlossen und wir haben uns zu fügen, ohne Fragen zu stellen.

Nun stand Inspector Hadley vor unserer Tür und brachte Sue mit Scarlett nach Hause. Zum Glück war William gerade nicht dabei, sonst hätte Scarlett sich eine neue Stelle suchen müssen, weil sie Sue unterstützte. Von mir erfährt William das allerdings nicht. Niemals kommt mir dieses Detail über die Lippen. Ich frage mich nur, wieso Scarlett mir nie etwas sagte. Wir sind befreundet, dachte ich.

Inspector Hadley fragte nach William, doch da der nicht anwesend war, brachte er mich in Verlegenheit. Ich halte nicht viel von Lügen und Intrigen, aber gerade als Frau muss man sich in dieser Zeit etwas einfallen lassen. Sue hat ihren Weg offenbar gefunden und von mir hat sie deshalb keine Strafe zu erwarten. Von William allerdings schon, was die Angst in ihrem Blick erklären würde.

Grundsätzlich lehne ich es allerdings wirklich ab,

irgendwem bewusst etwas Falsches zu erzählen. Bei den Fragen der Polizei ist es sogar noch wichtiger, wenn man mich fragt. Nach meiner Meinung hatte bisher allerdings noch niemand gefragt. Weder meine Eltern, noch mein Mann. Was ich denke, ist völlig belanglos.

Ähnlich war es bei Inspector Hadley, nur dass ich es ihm nicht verüble. Mit Meinungen kann man keinen Mörder überführen. Er braucht nackte Fakten. Aber einen bestimmten Fakt konnte ich ihm nicht geben: ein Alibi für William.

Ich weiß noch ganz genau, dass er in der fraglichen Nacht sehr spät nach Hause gekommen war. Ich hatte schon geschlafen und kann nicht sagen, wie spät es war. Gegen Mitternacht war ich auf jeden Fall noch allein gewesen und hatte die Schläge der großen Schrankuhr unten gezählt. Die höre ich nur, wenn William nicht neben mir schläft. Er schnarcht so laut, dass ich nicht mal das Ticken der Wanduhr gegenüber von unserem Bett höre.

An dem Tag habe ich ein neues Kleid beim Schneider abgeholt, daher weiß ich es so genau. Während der Schläge der Wanduhr hatte ich überlegt, dass in genau diesem Augenblick der Tag begann, an dem ich das Kleid bekäme. Es ist ein besonderes Kleid, denn William hat keine Ahnung davon. Das erste Kleid in meinem Schrank, das ich für mich kaufte. Es soll praktisch sein, hatte ich dem Schneider gesagt. Nicht ganz so weit und eher schlicht. In einfachem Beige, ohne Spitze und Muster. Mir gefällt dieser einfache Kleiderstil, nur gehört es sich für eine Dame meines Standes nicht, in so *schäbiger* Kleidung herumzulaufen. Ich werde es also nur tragen, wenn William außer Haus ist. Oft genug kommt es ja vor.

So genau erzählte ich es Inspector Hadley natürlich nicht, nur dass ich mir sicher bin, dass William zu der abgefragten Uhrzeit nicht zu Hause war. Nach Mitternacht hatte Hadley gefragt und ich nach kurzem Zögern geantwortet. Einen Moment lang hatte ich überlegt, nicht die Wahrheit zu sagen und Williams Anwesenheit zu bestätigen. Es wäre ein Leichtes gewesen in dem Moment. Ich glaube auch nicht, dass William in den Mord verwickelt ist. Vermutlich hatte er sich mit einer anderen Frau vergnügt oder andere krumme Geschäfte abgewickelt. Aus Loyalität meinem Mann gegenüber hätte ich ihm also vielleicht ein Alibi geben sollen, nur damit nicht herauskäme, was er wirklich getrieben hatte.

Aber das ist falsch!

Es ist einfach nicht richtig, jemanden, vor allem die Polizei, anzulügen, nur damit eine Sache nicht herauskommt, die geheim ist. Nach dem Vorbild meiner Tochter, die für die Wahrheit auch eine Strafe ihres Vaters in Kauf nimmt, sagte auch ich die Wahrheit und werde mich deshalb noch William stellen müssen. Ihm gegenüber habe ich noch nie so viel Loyalität empfunden wie meiner Sue gegenüber in genau diesem Augenblick. Sie hatte trotz der Konsequenzen die Wahrheit erzählt, also werde ich nicht lügen. Und schon gar nicht für William. Das ist das einzig Richtige.

Daraufhin wollte Inspector Hadley natürlich wissen, wo er William finden könne. Darauf konnte ich nicht antworten. Ich behielt nichts für mich, das für ihn wichtig gewesen wäre. Ich wusste es wirklich nicht. Wenn William sich für Geschäfte verabschiedet, kann das heißen, er ist irgendwo auf den zig Hektar Land unterwegs, die ihm gehören. Es kann aber ebenso heißen, dass er sich in sein Arbeitszimmer zurückzieht und nicht gestört werden will. Das war das Einzige, das ich ausschließen konnte, weil William das Haus verlassen hatte.

Die Ankündigung seiner Geschäfte kann auch ein Synonym für sein Vergnügen sein, das er nicht offen zugeben will. Als wüsste ich es nicht. Immer wieder treibt er sich zu verbotenem Glücksspiel in der Stadt herum. Er geht zu Prostituierten, trifft sich mit zwielichtigen Gestalten und ist in den ein oder anderen Fall verstrickt, den die Polizei interessieren könnte.

Mord traue ich ihm allerdings nicht zu, obwohl er zornig und manchmal auch gewalttätig werden kann.

Kenneth Hadley

(Inspector)

Was für ein Fall ... Wenn ich mir noch öfter die Haare raufe, habe ich bald keine mehr, sagt meine Frau. Jeden Morgen verabschiedet sie mich mit der Forderung, ich solle tief durchatmen, wenn ich mich aufrege. Verstehen kann ich sie natürlich. Seit dem Mord an Charlotte Carpenter komme ich gestresst und völlig verwirrt nach Hause und gehe mit der gleichen Verwirrung morgens zur Arbeit, weil ich über Nacht auch keine Erleuchtung erfahre, in welche Richtung ich gehen soll.

Das wird heute nicht anders sein. Gestern Morgen dachte ich noch, wir hätten mit dem Notizbuch den Hinweis zum Täter gefunden. Duncan Nightham. Noch am gleichen Abend stellte sich heraus, das Buch gehört seinem Sohn. Also ließen wir Duncan Nightham laufen und nahmen seinen Sohn in Gewahrsam.

Und heute wird wieder alles umgeworfen. Ich habe das Gefühl, wir kommen dem Mörder keinen Schritt näher. Als würden wir uns in die völlig falsche Richtung bewegen. Das ist natürlich nur ein Gefühl, deshalb kann ich die offensichtlichen Spuren nicht ignorieren. Ein Buch mit einem eingeprägten Namen wird unter der Leiche gefunden, also ist der Name auf dem Buch die beste Chance, den Täter aufzuspüren.

Das führte mich gestern noch dazu, dass ich einen Jungen in eine Zelle sperren musste. Dass der nicht der Täter ist, wusste ich mit ziemlicher Sicherheit, ich konnte es nur nicht beweisen. Wie bei seinem Vater hatten sich Zweifel in mir ausgebreitet, noch bevor ich ihn verhört hatte.

Dann spazierte heute Morgen doch tatsächlich William Alderten herein und verlangte Auskünfte. Natürlich ist er William Alderten und hat dementsprechend mehr Rechte als Brandon Nightham. Zumindest inoffiziell. Es heißt zwar immer, vor dem Gesetz seien alle Menschen gleich, aber das ist nur Theorie. Wenn ich von meinem Vorgesetzten die Anweisung kriege, William Alderten aufzuklären, dann tue ich das widerwillig.

Allerdings keine Details, die muss er nicht wissen. Nur dass wir einen Verdächtigen in Gewahrsam hatten. Auch den Namen wollte er unbedingt wissen und war danach ganz schnell verschwunden. Mit einem Grinsen im Gesicht, das da nicht hingehörte, wenn ich ihm sagte, wir hatten einen so jungen Menschen verhaftet, der des Mordes verdächtig ist.

Jedenfalls hatte es keine zwei Stunden gedauert, da spazierte die nächste Alderten in mein Büro. Mit Susanne Edith Alderten hatte ich bisher noch gar nichts zu tun gehabt. Sie war noch nie negativ auffällig, daher hatte ich sie auch nicht gleich erkannt. Nur die Kleidung schrie nach einer Alderten.

Was dieses Kind mir für eine Geschichte erzählte, deckt sich eher mit dem, was ich immer als mein *Bauchgefühl* bezeichne. Sie hatte die Erklärung parat, wie das Notizbuch von Brandon Nightham unter die Leiche gekommen war. Bei dem Sturz war es vermutlich aus der Rocktasche gefallen und unter der sterbenden Charlotte Carpenter liegengeblieben.

Die erste Frage, die sich mir in den Sinn schob, war natürlich, wieso Brandon Nightham mir das nicht selbst berichtet hatte. Das war doch ein entlastendes Indiz, das ich hätte überprüfen können. Dann wäre ich selbst zu den Aldertens gegangen und hätte das Mädchen danach gefragt. Mit der Bestätigung der Treffen in Charlotte Carpenters

Haus hätte der Junge noch gestern Abend nach Hause gehen können, doch er war geblieben und hatte geschwiegen.

Die Szene in meinem Büro war herzzerreißend. Etwas abseits saß die Gouvernante des Mädchens. Zur Tür wurde Brandon Nightham hereingeführt. Wer dieses Aufeinandertreffen gesehen hätte, dem hätte alles klar sein müssen. Während Susanne Edith Alderten ihn liebevoll anlächelte, trat in sein Gesicht der Schock. Immer wieder sagte er, sie hätte das nicht tun sollen. Und immer wieder entgegnete sie, sie würde alles für ihn tun. Ihre Hände lagen an seinen Wangen und wischten die Tränen weg, die die Angst dort hingebracht hatte. Die Gouvernante zog ein Taschentuch und tupfte sich gerührt über die Augen.

Sobald Sergeant Ed dem Jungen die Fesseln abgenommen hatte, waren sich die beiden jungen Menschen so nahe, wie man sich eben nahe ist, wenn man verliebt ist. Es stand so deutlich in beiden Gesichtern, dass ich ihnen gern versprochen hätte, es würde für sie alles gut werden.

Dieses Versprechen konnte ich jedoch nicht geben, ohne zu lügen. Wie ich William Alderten kennengelernt habe, wird er diesem Bündnis niemals zustimmen.

Dann hätte ich den beiden wenigstens gern versprochen, ihr Geheimnis wäre sicher bei mir, doch auch das konnte ich nicht tun. Ich werde nicht umhinkommen, William Alderten mit diesen Informationen zu konfrontieren. Nach dem, was seine Tochter mir erzählte, gab es Spannungen zwischen den beiden Familien, die durchaus ein Motiv liefern könnten. Vielleicht hatte William Alderten absichtlich das Buch dort platziert, um den Verdacht auf die Familie Nightham zu lenken? Es ist nicht unmöglich und William Alderten traue ich so ein Verbrechen im Zusammenspiel mit kaltherzigem Kalkül durchaus zu. Dem jungen Nightham, den ich nur zu gern wieder zu seinen Eltern ließ, traue ich es nicht zu.

Nun kam ich auch noch mit der grässlichsten Seite der Polizeiarbeit in Kontakt. Meine Frau wird es mir am Abend sofort ansehen, sofern ich zeitig genug heimkomme. Auch Constable George bereitete ich auf das vor, was kommen würde.

Wir konnten William Alderten nicht auf die gleiche Weise befragen wie Duncan Nightham. Bei einem Adligen ist da Vorsicht geboten, sonst landet man als Polizist selbst vor Gericht, nur weil man seiner Arbeit nachgeht. Diplomatie war angesagt. Aber wie fragt man einen Mann wie William Alderten diplomatisch nach seinem Alibi?

Seine Frau hatte ich gebeten, ihm zu sagen, er solle sich bei mir melden. Ich werde natürlich auch noch mal zu ihm gehen, damit er nicht *nur* wegen mir in die Stadt kommen müsste. Ich will ihm ja keine Umstände machen, nur weil er als Täter in einer Mordermittlung infrage kommt.

Wie unsinnig…

Ich lief ihm zufällig über den Weg, als ich gerade die Straße zu meinem Büro hinabging. Er fuhr mir in seiner Kutsche entgegen und ich winkte ihn zum Anhalten an den Straßenrand. Dem Aufruf folgte der Kutscher. Ich weiß nicht, ob William Alderten ihm gesagt hatte, er solle anhalten, oder ob der Kutscher von sich aus gehandelt hatte. Das wäre unklug, wenn er die gut bezahlte Anstellung bei den Aldertens behalten will.

Auf welche Weise auch immer, ich kam zu dem Gespräch mit meinem Verdächtigen. So genau sprach ich es nicht aus. Ich sagte, wir würden einen neuen Ansatz suchen, nachdem sich Brandon Nightham als unschuldig entpuppt hatte.

Allein diese Nachricht gefiel William Alderten nicht. Ich machte ihn mir heute zum Feind. Auf jeden Fall schienen sich Susanne Edith Aldertens Anspielungen zu bewahrheiten. Aus irgendeinem Grund ist William Alderten nicht gut auf die Familie Nightham zu sprechen. Ich werde Constable George darauf ansetzen, mal zu recherchieren, was zwischen den Familien vorgefallen war. William Alderten in dem Moment direkt danach zu fragen, wäre keine gute Idee gewesen.

Aber ich konnte ihm erklären, wir würden den genauen Ablauf der Nacht, in der Charlotte Carpenter starb, rekonstruieren. Und dafür brauchten wir der Vollständigkeit halber auch den Ablauf der besagten Zeitspanne von William Alderten.

Noch blieb er freundlich und meinte, er sei zu Hause gewesen und habe geschlafen.

Das war eine Lüge! Der log mir dreist ins Gesicht und machte sich damit nur noch verdächtiger.

Unter dem Vorwand, die Angabe bei einer Tasse Tee in meinem Büro zu protokollieren, bat ich ihn, auf der anderen Straßenseite mit ins Haus zu kommen. Er lehnte ab, denn er hatte einen Termin.

Ganz besonders freundlich und taktvoll sagte ich ihm, dass es eigentlich nur eine Bitte aus Höflichkeit war. Ich musste mit ihm sprechen. Das Wort *Verhör* behielt ich lieber für mich.

William Alderten wusste meine Absichten dennoch zu deuten und wurde fuchsteufelswild. Ja, dem traue ich einen Mord zu. Ohne Zweifel. Wenn es aus irgendeinem Grund zwischen ihm und Charlotte Carpenter zum Streit gekommen war, kann ich mir gut vorstellen, wie er sie schlug und sie dabei die Treppe hinabstürzte. Absicht war es vielleicht nicht gewesen, aber diesen Unterschied zu klären, ist nicht meine Aufgabe. Das würde ein Gericht entscheiden.

Ich ließ meinen Hauptverdächtigen erst einmal schimpfen und ignorierte die darin verborgene Beleidigung gegenüber einem Polizisten. Dann wies ich ihn vorsichtig darauf hin, dass ich im Moment auch das Recht hätte, ihn zu verhaften, ihm aber die Möglichkeit geben möchte, mir alles zu erklären. Und zwar bevor die halbe Straße zusieht, wie ich ihn abführe.

Das war ein Argument, dem auch der feine Herr sich nicht entziehen konnte. Packt man sie bei ihrem Ruf, kann man von der Oberschicht fast alles bekommen. Das war allerdings nicht ganz die diplomatische Weise, mit der ich hätte herangehen sollen.

Sergeant Ed brachte uns Tee und ich eröffnete die Fragerunde - kein Verhör! - mit dem Hinweis, dass ich wüsste, er sei in der Nacht nicht zu Hause gewesen. Zumindest nicht um Mitternacht.

Er beharrte darauf, er sei zu Hause gewesen. Mir blieb also keine Wahl, als ihm neben dem fehlenden Alibi auch noch sein Motiv für den Mord vorzuhalten. Angefangen mit der einfachen Frage, was zwischen ihm und Duncan Nightham vorgefallen war. Eigentlich hatte ich es diskret recherchieren wollen, aber wenn er mich schon anlügt, dann soll er mir gleich alles erklären.

Duncan Nightham sei nicht wichtig genug, um sich mit ihm zu streiten, lautete die Antwort. Es gäbe angeblich keinen Zwist zwischen ihnen. Sowohl Adeline Alderten, als auch ihre Tochter hatten mir gegenüber aber eben jenen Zwist angedeutet. Darauf wusste William Alderten dann auch nicht mehr viel zu sagen.

Er könnte nicht der Mörder sein, behauptete er, alles andere ginge mich nichts an. Da mag er Recht haben. Vieles, das ich in meinem Beruf höre, geht mich theoretisch nichts an. Es sind private Dinge der Beteiligten, die mich auch nicht interessieren. Aber solange nicht plötzlich alle Menschen fromm bleiben und niemals lügen, werde ich immer im Privatleben von Fremden herumstochern müssen.

Als ich nun sagte, sein Alibi sei hinfällig, entbrannte noch eine hitzige Diskussion ohne Argumente. Das Einzige, das er immer wieder betonte, war seine Unschuld. Ohne Alibi und mit Motiv für den Mord helfen ihm die Beteuerungen aber auch nichts. Er hegt einen immer noch ungeklärten Hass auf die Nighthams und seine Tochter war eine Liaison mit dem Sohn der Nighthams eingegangen. Und die Tote hatte die heimlichen Treffen der beiden ermöglicht. Das war doch eindeutig. Er sollte mir den Zank der Familien erklären und ein Alibi präsentieren. So einfach könnte er sich von jedem Verdacht befreien.

Schlussendlich rückte er dann doch noch mit einem Alibi heraus. Er geriet arg unter Druck, als ich seine Einquartierung in eine Zelle veranlassen wollte. Auf den Luxus seines Herrenhauses wollte er jedoch nicht verzichten und gestand, die Nacht im Bordell bei einer gewissen Sarah verbracht zu haben.

Na da habe ich ja in ein Hornissennest gestochen. Ich darf gar nicht an die Folgen denken.

Prostituierte sind nicht gerade das, was man ein zuverlässiges Alibi nennen würde. Andererseits sehe ich es im Fall William Alderten sehr wohl so, dass ein Mann mit seinem Ruf eine Menge zu verlieren hat, wenn er zugibt, in einem Bordell gewesen zu sein. Vielleicht ist das Alibi also doch ganz brauchbar.

Als William Alderten mein Büro verließ, raufte ich mir erneut die Haare. Meine Frau hat Recht. Noch öfter und ich laufe bald mit Glatze herum.

Mein erster Weg nach dieser netten Unterhaltung führte mich zu meinem Vorgesetzten. Dem muss ich bei solch brisantem Fall natürlich regelmäßig berichten und bekam dafür gleich mal eine Ermahnung, warum ich denn ausgerechnet William Alderten so hart anfassen musste.

Gibt es denn eine Alternative? Völlig egal, wie ich gefragt hätte, das Ergebnis wäre geblieben. William Alderten war im Laufe der Ermittlungen als tatverdächtig erschienen. Ich muss diesen Hinweisen doch nachgehen und kann sie nicht ignorieren, nur weil es zufällig die Oberschicht tangiert. Wenn mir jemand unter der Befragung mit Samthandschuhen keine ehrlichen und zufriedenstellenden Antworten gibt, mich sogar nachweislich anlügt, dann muss ich diese Samthandschuhe eben ausziehen.

Die Botschaft meines Chefs bleibt: Mehr Diplomatie im Umgang mit der Oberschicht!

Ich werde heute Abend mit Emily darüber reden. Ich muss das Chaos in meinem Kopf lichten. Mit meiner Frau gelingt mir das meistens. Der Fall und die vorgegebenen Richtlinien im Umgang mit den unterschiedlichen Schichten der Gesellschaft … Das macht mir zu schaffen. In meinen Augen sind alle Menschen gleich. In uns allen fließt rotes Blut, wenn es manch Adliger auch gern anders sieht. Es fällt mir schwer, mich damit abzufinden, dass manch einer eben mehr Freiheiten genießt als andere.

Genau so sagte ich es auch Constable George bei einem Gespräch unter vier Augen. Ich will nicht, dass er die gleiche störrische Laufbahn einschlägt wie ich. Soll er sich lieber an die Vorgaben des Benehmens halten, es ist besser für ihn.

Er winkte gelassen ab und blieb diesbezüglich absolut entschlossen und abgeklärt. „Ich will die

Wahrheit finden und keine Sympathie bei der Oberschicht sammeln."

Die Einstellung gefällt mir. So hatte er sich mir von Anfang an gezeigt, deshalb hatte ich auch nicht gezögert, ihn unter meine Fittiche zu nehmen.

William Alderten

(Gutsbesitzer)

Kenneth Hadley!!!

Diesen Mann werde ich ruinieren, bis ihm nichts mehr bleibt als sein nacktes Leben! Wo auch immer er sich zu verstecken versucht, kann er mir nicht entkommen!

Es ist traurig, dass unsere Gesellschaft schon so tief gesunken ist. Da wird ein dahergelaufener Tunichtgut als Ermittler in einem Mordfall eingesetzt. Hat die Polizei keine besseren Männer mehr? Ist der Verfall der Disziplin schon so fortgeschritten, dass ich - William Alderten! - mir ein Verhör gefallen lassen muss? Dass mir ein Mord vorgeworfen wird und ich sogar in eine Zelle gebracht werden soll?! Zählt das Wort eines Ehrenmannes denn gar nichts mehr? Ich hatte doch gesagt, ich habe dieses Weib nicht getötet! Wieso reicht dem feinen Herrn Polizisten das nicht?

Wieso sollte ich die auch umbringen? Ja, ich habe ein Motiv, aber davon habe ich ja eben erst erfahren! Kenneth Hadley selbst hat mir doch erst erzählt, was sich meine Tochter herausgenommen hat. Wenn ich davon aber erst nach dem Mord erfahre, kann es ja kein Mordmotiv darstellen! Das ist wohl logisch! Das sollte sogar ein Primat wie Kenneth Hadley verstehen!

Um den werde ich mich später kümmern. Erst einmal war es an der Zeit, meine Tochter zum Gehorsam zu erziehen!

Seit wer weiß wie lange hintergeht mich diese Göre nun schon! Wahrscheinlich lacht sich Duncan Nightham ins Fäustchen, weil ich keine Ahnung hatte! Zusammen mit seinem Sohn und vermutlich meiner Frau!

Die ist ja überhaupt Schuld an dem ganzen Schlamassel! Erzählt die doch tatsächlich, ich sei nachts nicht zu Hause gewesen! Was sollen denn die Leute denken?! Wofür hat man denn eine Frau, wenn sie einem dann in den Rücken fällt?! Na die wird auch noch merken, dass sie diesmal zu weit gegangen ist und mit Strafen zu rechnen hat.

Ich war rasend vor Zorn, als ich in mein Haus kam. Zwei Weiber und nur Scherereien!

Die beiden erwarteten mich direkt hinter der Tür. Als Erstes faltete ich Sue zusammen. Es ist unerhört, sich so dreist über meine Anweisungen hinwegzusetzen! Das lasse ich nicht zu und werde schon morgen die Hochzeit mit Finnegan McLoad veranlassen. Auf Sues und Adelines Bitten hin hatten wir die Hochzeit verschoben, bis Sue die Ausbildung abgeschlossen hätte. Alles Lügen, wie ich nun weiß! Aber darum wird sie nicht herumkommen! In einer Woche wird sie schon Ehefrau sein und damit nicht mehr mein Problem! Soll sich ihr Mann um die Göre kümmern, ich habe keine Lust mehr!

Im Nachhinein bin ich froh, dass weder Finnegan noch Byron McLoad anwesend waren, als ich Sue sagte, wer ihr Mann werden wird. Sie schnappte nach Luft und fing dann an zu schreien, wie ich es bei ihr noch nie erlebte.

„Niemals!", brüllte sie eindeutig mit der Stimme ihrer Mutter. Adeline schafft auch Lautstärken, die man meilenweit hören kann. „Niemals werde ich die Frau eines Militärs!"

Für diese Aussage allein werde ich mich den Rest meines Lebens schämen. Ein angehender Offizier! Sehr viel besser kann sie es doch gar nicht treffen. Ihr wird auch weiterhin Zugang zu den wichtigsten Menschen des Landes gewährt. Sie wird auch weiterhin, ohne meinen Namen, auf jeder Gesellschaft gern gesehener Gast sein. Was will sie denn mehr als einen Mann mit solch einem guten Ruf?

Es gibt keinen Kompromiss. Die Hochzeit habe ich mit Finnegans Vater beschlossen. So wird sie geschehen und ich mich nicht zu weiteren Diskussionen verleiten lassen.

Weinend rannte Sue die Treppe hinauf in ihr Zimmer und schlug die Tür zu. Ich hatte ihr noch nicht erlaubt zu gehen, aber ich hatte auch noch ein anderes Thema zu klären. Und irgendwann wird sie verstehen, dass es nur zu ihrem Besten ist. Was soll sie denn mit einem Bäcker, wenn sie einen Offizier haben kann? Früher oder später wird die Einsicht auch bei ihr noch kommen. Als Vater habe ich nicht die Pflicht, mich mit ihr anzufreunden, sondern für ihre Zukunft zu sorgen. Und das habe ich damit getan.

Ich konnte mich also dem zweiten meiner beiden großen Probleme widmen: Adeline.

Ihr Blick reichte schon, um mich noch rasender zu machen. Sie wirft mir tatsächlich vor, dass ich zum Wohl unserer Tochter entscheide, was sie zu tun hat.

Die macht mir tatsächlich Vorwürfe, nachdem sie mich so bloßgestellt hatte?! Es ist unvorstellbar!

Eine weitere ihrer unvorstellbaren Eigenarten ist die Stimme. Es ist unmöglich, mit ihr ein Gespräch zu führen, ohne dass es das ganze Anwesen hört. Zum Glück steht das Haus relativ mittig zwischen den vielen Hektar Land, so hört man sie wenigstens nicht auf der Straße. Vermutlich wäre ihr auch das egal.

Und was die sich nicht alles herausnimmt. Sie warf mit Beschimpfungen um sich, die eine Frau ihrem Mann einfach nicht zu sagen hat. Ich wage es nicht, die Worte zu wiederholen oder aufzuschreiben. Man sollte ihr den Mund mit Seife auswaschen!

Das Schlimmste: Sie wirft mir bösartigen Umgang mit Sue vor!

Als ich ihr sagte, ich handle nur in Sues Interesse, während ihre Aussage der Polizei gegenüber tatsächlich bösartig gewesen sei, entgegnet sie nur schnippisch, es sei nicht bösartig, die Wahrheit zu sagen. Ich sei nicht daheim gewesen und sie sähe keinen Grund, für mich zu lügen.

Keinen Grund?!

Sie ist meine Frau und sieht keinen Grund?! Der Ring an ihrem Finger ist doch mehr als Grund genug!

Auch sie ließ mich stehen, ohne dass ich das Gespräch beendet hatte. Mir ist natürlich bewusst, woher Sue solche Ideen hat. Adeline setzt dem Kind Flausen in den Kopf, die ihr das Leben schwer machen! Vielleicht sollte ich Sue schon eher von Adeline trennen, noch bevor die Hochzeit sie aus dem Haus nimmt. Besser für den zukünftigen Mann im Leben meiner Tochter wäre es auf jeden Fall.

Und morgen … Ja, morgen werden Köpfe rollen. Angefangen bei Kenneth Hadley! Ich werde seinen Vorgesetzten kontaktieren und mich offiziell beschweren. Hadley ist die längste Zeit Ermittler gewesen. Sollen sie ihn des Amtes entheben oder von mir aus in die Provinz versetzen - Hauptsache weg hier!

Und der zweite Kopf ist Brandon Nightham. Den kralle ich mir persönlich und werde ihm die Lektion erteilen, dass er sich von Menschen wie uns fernhalten sollte.

George

(Constable)

Was für eine aufregende Sache. Seit zwei Wochen bin ich erst bei der Polizei unter Inspector Hadley, da passieren schon so aufregende Dinge. Nicht dass ich den Mord an Charlotte Carpenter gut fände, ganz im Gegenteil. Es ist ein abscheuliches Verbrechen, das bestraft gehört. Genau deshalb wollte ich immer schon Polizist werden. Mein Vater wurde erdolcht aufgefunden, als ich gerade fünf Jahre alt war. Der Mörder wurde nie gefunden und seither verspüre ich den Wunsch, ein guter Inspector zu werden und all meine Fälle zu lösen.

Inspector Hadley ist genau der Richtige für mich. Viele seiner Kollegen geben sich damit zufrieden, ein paar Leute zu befragen und den Fall dann als „unlösbar" oder Unfall zu schließen. Aber nicht Kenneth Hadley. Der würde noch sterbend nach seinem eigenen Mörder suchen und dem Tod ganz sicher nicht nachgeben, ehe er den Täter nicht überführt hätte. Genau so will ich auch werden und hatte ihn direkt angesprochen, ob er mich nicht lehren könnte. Ich hatte ihm von meinem Vater und meinen Ambitionen erzählt. Und er hatte nicht gezögert, mir die Chance zu geben.

„Als Inspector kann man nicht anfangen", hatte er gesagt und mir erklärt, welchen Weg ich gehen müsste. Und den gehe ich nun. Kenneth Hadley hatte dafür gesorgt, dass ich vom ersten Tag an ihm direkt unterstellt bin. Ich lerne also vom Besten.

So ungern ich einen Menschen sterben sehe, ist es doch eine Chance, meinem Vorgesetzten zu zeigen, wie ernst es mir ist. Ich würde jede Aufgabe übernehmen, die er mir zuteilt.

Dafür gehe ich sogar in ein Bordell. Das ist nicht gerade das Etablissement, in das ich freiwillig als junger Mann gehen würde, aber als Polizist zögere ich nicht. Ich hatte Inspector Hadley extra gefragt, was ich wissen müsste, wenn ich dort hineingehe. Die kurze Antwort war nur gewesen, ich wäre nicht gern gesehen. Das hieß dann wohl, ich würde mich gegen Abneigung durchsetzen müssen.

Fest entschlossen öffnete ich die Tür und muss zugeben, es ist ganz anders, als ich erwartet hatte. Dunkel und dreckig ist in meiner Vorstellung der Empfang, die Zimmer ebenso schmutzig und ausladend. Unschön und kein Ort, an dem man freiwillig verweilen möchte.

Es zu sehen, ist eine ganz andere Erfahrung. Der große Empfangsraum bietet eine Bar, an der sich die Frauen unterhalten und auf Gäste warten. Alles ist sauber und hell erleuchtet. Außerdem tragen die Frauen aufreizende Kleidung in bunten Farben. Die Möbel sind ebenso farbig und Bilder hängen an den Wänden. Tiefe Vasen beinhalten üppige Blumensträuße. Ich stand einfach nur hinter der Tür, sah mich um und staunte wie in einem Museum.

Leider behielt Inspector Hadley Recht, was den Empfang angeht.

„Sieh mal einer an", rief eine der Frauen laut. „Ein Vertreter des Gesetzes." Sie sagte es so abfällig, dass ich mich davon beleidigt fühlte, ohne so recht zu wissen, weshalb.

Sie stand hinter der Bar. Sobald sie mich erblickte, legte sie alles ab, bediente niemanden mehr und schritt auf mich zu. Streitlustig, das war deutlich. Sie würde es auf einen Streit anlegen. Völlig egal, was ich sage, sie würde alles als Provokation auffassen.

Ich war so nervös, dass ich zu schwitzen begann. Nicht mal in meinem Kopf waren noch vollständige Sätze möglich, so begann ich stotternd mein

Anliegen vorzubringen.

Es gelang mir nicht.

Mehr als „Ich ..." brachte ich nicht hervor. Wo sollte ich denn nur hinsehen? Meine Augen huschten unwillkürlich an ihrem Körper hinab, dabei empfand ich es als unhöflich. Noch nie zuvor hatte ich so viel von einer Frau gesehen.

Das merkte sie und lachte mich erneut aus. Einen „Grünling" nannte sie mich. Meine Ohren knallrot, mein Gesicht von kaltem Schweiß verklebt und meine Zunge am Gaumen angewachsen ... Wenn Inspector Hadley mich so gesehen hätte ... Ich mag mir nicht vorstellen, was er dazu zu sagen hätte.

Er ist mein Vorbild und der beste Grund, mich zusammenzureißen und an den Grund für meinen Besuch im Bordell zu denken. Einen Moment schloss ich die Augen, atmete tief durch und sammelte alle abgeschweiften Gedanken wieder ein. Ich brauchte eine Information - deshalb war ich hier. Wegen nichts anderem.

Es gelang mir besser als gedacht. Ich forderte, eine Dame namens Sarah zu sprechen. Ein Wunder, dass mir der Name noch einfiel.

Ich hatte es kaum ausgesprochen, da ging das

Gelächter ringsherum wieder los. Sie pfiffen und riefen mir Dinge zu, die ich nicht verstand und krampfhaft zu ignorieren versuchte. Sarah sollte mir eine Auskunft geben, mehr wollte ich doch nicht!

Sarah war eine der Frauen an der Bar. Bisher hatte ich von ihr nur den Rücken gesehen, nun kehrte sie sich zu mir um und mir blieb jedes Wort im Halse stecken. Mir mochte nicht mal mehr mein eigener Name einfallen. Ihr Oberkörper war vorderseitig völlig unbedeckt. Ich traute mich nicht, in ihre Richtung zu sehen, weil ich es als unhöflich empfand, eine unbekleidete Dame anzusehen. Das gehört sich doch nicht. Aber wo sollte ich meine Augen ausweichend platzieren? Überall nacktes Fleisch … Mir schwirrte der Kopf.

Die erste Frau lachte immer noch. Oder schon wieder - ich weiß es nicht. Jedenfalls winkte sie Sarah heran und ordnete an, sie möge meine Wünsche erfüllen. Unschuldig wie ein junger Kerl dachte ich nur an die Beantwortung meiner Fragen. Aber Sarah nicht. Sie stolzierte auf mich zu wie ein Pfau. Näher und näher kam sie mit ihren schwingenden Hüften und ich spürte, wie ein Schweißtropfen meine Schläfe hinabrann.

Mit rauchiger Stimme bestätigte sie, sie würde

gern all meine Gelüste bedienen. Dabei hatte ich doch gar keine Gelüste! Na gut, in diesem Ambiente kamen Gelüste auf, deren ich mir zuvor nicht bewusst gewesen war, aber ich wollte nichts weiter als eine Antwort.

Durchatmen, sagte ich mir erneut. Nur nicht die Nerven verlieren. Wie sollte Inspector Hadley mich denn zum Inspector machen können, wenn ich es nicht mal schaffte, eine einfache Frage zu überbringen?

Entschlossen wich ich Sarah aus, sah ihr nur direkt in die Augen und stellte die Frage, die Inspector Hadley beantwortet haben wollte: War William Alderten in der Nacht vom dritten auf den vierten August bei ihr gewesen? Darum ging es. Das war wichtig zu wissen.

Und sie bestätigte es nach kurzem Überlegen. Sarah selbst wusste es nicht mal, aber die andere Frau, die mich ausgelacht hatte, die hatte ein Büchlein in ihrer Rocktasche, in der es geschrieben stand. Von Mitternacht bis zwei Uhr morgens war William Alderten im Bordell gewesen.

Nichts wie weg, dachte ich, bedankte und verabschiedete mich hastig und verließ fluchtartig das Haus. Hinter mir hörte ich noch immer Gelächter. Es ist ein recht warmer Augusttag. In der Uniform hatte ich es noch eine halbe Stunde zuvor warm gefunden. Sobald ich das Bordell verlassen hatte, empfand ich die Augustsonne als angenehme Abkühlung. Auf dem Weg zurück zu Inspector Hadley trocknete der Schweiß und ich gebe mir noch immer alle Mühe, dieses Erlebnis abzuschütteln.

Ich weiß natürlich, was die Frauen dort tun, aber es erscheint mir so unwirklich. Falsch. Sie tun etwas Falsches und doch gibt es genügend Männer, die dafür bezahlen, dass Frauen etwas Falsches tun. Das verstehe ich nicht. Sollte ein Mann nicht darauf achten, dass Frauen zu nichts gezwungen werden, das man nicht als rechtschaffen bezeichnen kann?

07. August

Scarlett Wright

(Gouvernante für Sue Alderten)

Susanne Edith Alderten und Brandon Nightham. Eine Liebe wie von Shakespeare. Zerstrittene Väter und zwei Liebende, die allen Widrigkeiten zum Trotz zusammenfinden.

Ich beneide sie. Oh ja, ich beneide sie beide. Sind sie zusammen in einem Raum, wirft die Sonne nur noch Schatten zum Fenster hinein. Das Licht der Liebe ist tausendmal heller als die Sonne.

Ich glaube daran, dass Gott uns nur einen Menschen zuteilt, den wir lieben und mit dem wir glücklich werden können. Kein Reichtum der Welt kann das Glück der Liebe aufwiegen. Es ist mir nicht möglich, mit anzusehen, wie zwei Liebende auseinandergerissen werden. Wenn Gott ihnen die Liebe zueinander schenkt, kann daran nichts

Falsches sein.

Einst hatte Gott auch mir diese Liebe geschenkt. Auf grausame Weise war sie mir wieder genommen worden. Ein Feuer war ausgebrochen und hatte das ganze Schiff, auf dem mein Geliebter vom Festland zurück zu mir kommen wollte, in die Tiefe sinken lassen. Nicht einer an Bord hatte überlebt. Einen Tag vor unserer Hochzeit erreichte mich die Botschaft. Während der letzten Anprobe des Brautkleides las ich den Brief, der mir sagte, ich brauchte kein Brautkleid mehr. Es sei denn, ich färbte es schwarz und trage es zur Trauerfeier. Eine Beerdigung konnte es nicht geben, da keines der Opfer geborgen werden konnte. Mein Liebster liegt noch immer am Grund des kalten Meeres in seinem nassen Grab und alles, was mir geblieben ist, ist der Brief.

Zwölf Jahre danach habe ich das Gefühl, die Geschichte würde sich immer und immer wiederholen, wenn auch etwas abgewandelt. Sue und Brandon sind wie ein Spiegelbild. Voller Liebe zueinander und mit der Hoffnung in den Herzen, ihre Liebe würde sie ewig aneinanderbinden.

Das würde sie auch, nur das Leben nicht, wie es scheint. William Alderten war außer sich, als er von der heimlichen Liebelei erfuhr. Ich hatte Sue gewarnt. Wenn sie der Polizei die Wahrheit sagt, würde auch ihr Vater davon erfahren. Es ist ihr nicht wichtig, sagte sie, was ihr Vater davon hält, nur dass ihrem Liebsten nicht die Schuld anhaftet.

William Alderten mag mein Arbeitgeber sein, er bezahlt mich gut und pünktlich, aber ein guter Mensch ist er weiß Gott nicht. Er ist herrschsüchtig, arrogant und neigt zu Wutanfällen.

Seiner eigenen Tochter wissentlich das Glück zu verbieten, sollte unter Strafe gestellt werden. Auch die Herrin des Hauses war ein Opfer solch eines Vaters und leidet nun Tag um Tag darunter. Ich sehe es ihr an. Glück sieht wahrlich anders aus. Und irgendwo auf der Welt irren noch die beiden Menschen umher, die diese beiden getrennt voneinander glücklich machen könnten. Nein, diesen Zug unserer Gesellschaft mag ich ganz und gar nicht.

So wie einige andere auch, aber im Moment liegt das verlorene Glück so nahe, dass ich nur daran denken kann. Sue weinte gestern Abend noch lange an meine Schulter. Schon wieder. Erst Charlottes Tod, womit auch mir eine Freundin genommen worden war, und jetzt auch noch die Trennung von Brandon. Wie viele solcher Tränen muss Sue noch vergießen, ehe ihre Eltern merken, was sie ihrem Kind antun? Sie zerstören eine so junge und reine Seele.

Wobei ich von Adeline Alderten ganz sicher weiß, sie liebt ihre Tochter und gönnt ihr die Liebe und das Glück auch an der Seite eines Bäckersjungen. Nur offen aussprechen würde sie es Sue gegenüber nicht. Ihrem Mann gegenüber ja, aber sie wagt nicht, ihre Tochter gegen ihren eigenen Vater aufzulehnen, weil sie fürchtet, Sues Glück damit endgültig zu zerstören.

Diesen Tag, den Streit und das Gebrüll ihres Vaters wird Sue nie in ihrem Leben vergessen können.

Aus meiner eigenen Erfahrung heraus und meinem festen Glauben an die einzige Liebe im Leben eines jeden Menschen, habe ich Sue geholfen, wo ich nur konnte. Oft habe ich bei Charlotte im Laden gearbeitet, während sich Brandon und Sue allein dem Genuss des Beisammenseins hingaben. Charlotte wollte mich sogar dafür bezahlen, doch das lehnte ich unter Freunden ab. Viel Zeit habe ich dabei mit einer Freundin verbringen können, die nun gewaltsam von uns gerissen wurde.

Was Charlotte jetzt sagen würde, weiß ich. Sie würde all ihr Hab und Gut dafür hergeben, Sue und Brandon zu unterstützen.

Theoretisch möchte auch ich der kleinen Sue den Rat geben, sich mit ihrem Liebsten ein eigenes Leben abseits ihres Vaters aufzubauen, aber ich habe nichts, das ich dafür hergeben könnte. Sie kennt meinen Standpunkt zur wahren Liebe. Wir sind uns einig darin und ich weiß, sie wird nicht freiwillig in den Stand der Ehe mit einem anderen als Brandon gehen.

Ich kenne aber auch William Alderten. Er wird sie zwingen. Irgendeinen Weg wird er finden, Sue die Ehe mit Finnegan McLoad mehr oder weniger freiwillig aufzuerlegen. Und wenn er das Leben von Brandon bedrohen muss, er wird seinen Willen durchsetzen. Wem er dabei schadet, ist ihm völlig gleich, solange der Gewinn am Ende stimmt. Mehr ist Sue nicht für ihn. Nur ein Geschäft.

Ich habe mich aus Überzeugung dazu entschlossen, Sue und Brandon zu unterstützen. Das heißt, ich muss nun mit Überzeugung dazu stehen. William Alderten wird zu mir kommen und mich fragen, ob ich von alledem gewusst habe.

Welche Optionen bleiben mir denn? Bejahe ich, bezahle ich es mit meiner Anstellung. Verneine ich, verrate ich Sue und alles, woran ich glaube und wofür wir mit Heather Wilkinson kämpfen. Für mich gibt es nur eine Antwort auf diese Frage. Sue hat nicht geschwiegen, um sich selbst zu schützen, und ich werde es auch nicht tun. Die Gefahr, meine Anstellung zu verlieren, ist kaum nennenswert im Vergleich zu der Gefahr, meine Freundin Adeline zu verlieren. Auch ihr sagte ich nie ein Sterbenswörtchen, weil ich es Sue versprochen hatte.

Sarah

(Prostituierte)

Es kommt nicht oft vor, dass so junge Kerle ins Bordell kommen. Meist sind es Alte oder Unansehnliche oder beides, die auf keine andere Weise zu ihrem Vergnügen kommen. Oder Reiche, die sich bei uns gekauften Frauen die Freiheit nehmen, ihren Stand und sich selbst fallenzulassen. Was bei uns so mancher hochgeborene Gast wünscht, würde den meisten Menschen einen kalten Schauer über den Rücken jagen. Aber dafür sind wir eben da.

Und wir machen wenigstens kein Geheimnis um unsere Tätigkeit. Manche Frauen gehen dem gleichen Gewerbe nach, nur heimlich. Sie spielen sittsame Bürgerinnen und brave Ehefrauen, aber hintenherum befriedigen sie die Gelüste von Männern, die nicht ihre Ehemänner sind. Als würde es diese Heimlichtuerei besser machen.

Es ist nicht gerade das, was ich mir vom Leben erhofft hatte, aber ich bin von der Not ins Bordell getrieben worden. Meine Eltern tot, keinen Bruder und auch sonst keine Verwandtschaft. Niemand, der sich meiner hätte annehmen wollen und können. So habe ich die meiste Zeit auf der Straße gelebt und musste irgendwie Geld verdienen. Stehlen ist für viele Arme der einzig wahre Ertrag, aber wohl hatte ich mich damit nicht gefühlt. Ich bin nicht rein von dieser Sünde, doch ich bereue sie.

Meinen Körper für fleischliche Gelüste zu verkaufen, entspricht vermutlich auch nicht ganz dem, was ein Pfarrer predigen würde, aber was soll ich tun? Von irgendwas muss der Mensch doch leben. Und wenn ich keine andere Arbeit finde, dann muss ich eben weitermachen.

Ich kann auch nicht behaupten, dass es eine schlechte Arbeit wäre. Ich werde gut dafür bezahlt, dass ich meinen Körper zur Verfügung stelle. Genau da ziehe ich die Grenze. Ich stelle meinen Körper den Männern zum Vergnügen bereit, aber mein Geist und meine Gedanken bleiben bei mir.

Manchmal überlege ich während der Arbeit, was in den Köpfen der Männer so vorgeht. Ich meine, die kommen ja nicht ins Bordell, weil sie auf der Suche nach der großen Liebe sind. Viele tragen Eheringe. Wieso brauchen sie dann trotzdem den Beischlaf mit einer Fremden?

Bei einigen weiß ich es. Bürgermeister Eltringham hat zu Hause zum Beispiel gar nichts zu sagen, soweit mir berichtet wurde. Seine Frau ist sehr dominant und gibt von morgens bis abends den Ton an. Angeblich sagt sie ihm sogar, wie lange er an diesem oder jenen Tag arbeiten dürfe.

Im Bordell ist das nun wieder umgekehrt. Wenn der zahlende Kunde es so wünscht, dann bin ich seine Untertanin oder seine Herrin, je nach dem. Lee Eltringham ist kleiner als die meisten anderen Männer und kugelrund. Unter seinem chic aussehenden Hut verbirgt sich nichts als ein nackter Kopf.

Wenn er nun zu mir kommt, dann spielt er den Herrscher, dem ich die Pantoffeln bringe, vor dem ich knie und was er nicht noch so verlangt. Während der Besuche bei mir fühlt er sich vermutlich endlich mal so, wie er vorgibt, immer zu sein. Als Bürgermeister sollte man ihm eine gewisse Autorität zutrauen, aber das stimmt nicht. Eigentlich ist er viel zu schüchtern für Dominanz. Seine Frau ist die treibende Kraft, die ihn ins Amt gebracht hat und auch dort hält.

Ein weiterer Stammgast ist William Alderten. Der

kommt immer wieder zu mir. Herrisch ist er immer, auch allen anderen gegenüber. Er braucht mich also nicht, um seinen Stolz anzuheben. Bei ihm geht es nur um die Bettgeschichten. Er befiehlt, ich führe aus. Das ist vermutlich das Einzige, das er freiwillig von keiner anderen bekommt. Dabei ist es doch ganz einfach. Er ist vielleicht kein netter Kerl, aber er hat klare Vorstellungen und spricht die auch aus. Es ist nicht schwer, ihn zufriedenzustellen.

Außerdem zahlt er gut und darf gern immer wieder kommen. Dafür gebe ich ihm sogar ein Alibi, wenn er es braucht. Ein Unechtes würde ich mir allerdings bezahlen lassen.

Der zuckersüße Constable war mächtig ins Schwitzen geraten. Mit dem hätte ich sicherlich so meine Freuden gehabt, aber wir sind uns alle einig, es ist besser, wenn die Polizei ganz schnell wieder verschwindet.

In diesem Fall war es sogar ganz einfach. William Alderten war tatsächlich bei mir gewesen zur fraglichen Zeit. Merken kann ich mir das natürlich nicht alles, aber dafür gibt es ja ein Gästebuch. Damit war der Constable schon zufrieden und zur Tür hinaus gewesen.

Neugierig bin ich ja schon. Während ich den nächsten Kunden bediente, überlegte ich, was William wohl angestellt hatte. Oder angeblich angestellt hatte, denn schuldig konnte er nicht sein, wenn er gleichzeitig bei mir gewesen war. Ich würde ihn bei seinem nächsten Besuch fragen.

Allerdings ist fraglich, ob er überhaupt noch einmal zu mir kommt. Jetzt, da sogar die Polizei über seinen Aufenthalt Bescheid weiß, muss er um seinen Ruf fürchten. Wir Frauen des Bordells wären dumm, wenn wir jemanden bloßstellen würden. Der käme nie wieder und auch sonst niemand. Womit sollten wir dann unser Geld verdienen? Aber da der Constable so gezielte Fragen gestellt hatte, muss William wohl selbst geplaudert haben. Auch meinen Namen hatte der Constable gekannt. Und wenn William freiwillig alles zugibt, scheinen die Vorwürfe und Verdächtigungen gegen ihn schwerwiegend zu sein ...

Susanne Edith (Sue) Alderten
(Tochter des Gutsbesitzers)

Es war ganz leicht. Zu leicht. Mutter war mit ihren Freundinnen Witwe Barlow, Heather Wilkinson und Neele Blackford im Salon. Die Türen waren geschlossen wie immer. Niemand weiß, was die da drin machen.

Die Hausangestellten waren zum Abendessen gewesen und Scarlett hatte ich gesagt, sie solle mit runter zu meiner Mutter gehen. Sie kennt die Besucherinnen auch, das weiß ich. Also wieso sollte sie bei mir sitzen, statt dort bei ihren Freunden, wenn sie sowieso so wenige davon hat?

Wie sie mich ansah … Es graut mich noch immer vor diesem Blick. Als hätte sie durch mein aufgesetztes Lächeln hindurch, direkt in meine Seele geblickt. Sie weiß, dass etwas nicht stimmt. Sie weiß, dass ich irgendetwas vorhabe. Doch ahnte sie sicher nicht, dass dies unser letztes Treffen war. Sie lächelte nur, nickte und meinte, ich würde schon wissen, was ich tue. Im Moment zweifle ich daran.

In der Theorie war es der perfekte Zeitpunkt. Ich

war allein unterwegs in dem großen Haus und schlich mich leise ins Zimmer meiner Eltern. Auf der Kommode steht das Schmuckkästchen meiner Mutter. Es ist kein wertvoller Schmuck mit echten Edelsteinen, das weiß ich, aber darunter liegt ein Schlüssel zum versteckten Fach im großen Kleiderschrank. Dort ist der gute Schmuck versteckt und ich nahm, was ich in meine Taschen stopfen konnte.

Mein Blick fiel auf ein Bild über der Kommode. Es zeigt meine Eltern, kurz nach meiner Geburt. Sie sehen so jung aus. Ich mag dieses Bild nicht, weil sie darauf schon genauso kalt und unglücklich aussehen wie heute. Seit Jahren leben sie aneinander vorbei. Jeder für sich allein, nur nebeneinander. Kommt es zu einem Aufeinandertreffen, dann lässt der Streit nicht lange auf sich warten.

Nein, auf keinen Fall will ich so ein Leben.

Finnegan McLoad, der Mann, den mein Vater für mich suchte, ist vielleicht wirklich nett. Ich weiß es nicht sicher, denn ich bin geblendet von seinem Leben beim Militär, das gegen alles spricht, das ich für richtig halte. Ganz sicher weiß ich jedoch, dass er nicht der ist, den ich liebe. Ich kann mir schon nicht vorstellen, Tag für Tag einen Mann um mich zu haben, der Kriege führt und Menschen verstümmelt oder verletzt oder gar tötet. Ich würde ihm stets aus dem Weg gehen, doch als Ehefrau ist das nicht leicht. Und wenn er mir irgendwas erzählt, würde mir ein kalter Schauer den Rücken hinablaufen. Irgendwann würde ich ihm sagen, was ich davon halte, und es würde zum Streit kommen. Immer und immer wieder. Genau wie zwischen meinen Eltern. So sehe ich meine Zukunft nicht. Brandon ist der einzige Punkt, in dem ich mich meinem Vater widersetze. Sonst war ich wenigstens nach außen hin eine folgsame Tochter. Die Gestaltung meines Lebens übernehme ich jedoch ab sofort selbst.

Ich brauchte den Blick auf genau dieses Abbild der Kälte, um nicht zu vergessen, wieso ich meine Mutter bestehle, meine Freundin Scarlett belüge und einfach alles hinter mir lasse.

Brandon erwartete mich schon am Treffpunkt. Mein Herz raste. Meine Knie und meine Hände zitterten. Ich hatte Angst. Wenn man uns erwischen würde … Ich darf nicht daran denken. Scarlett sagte mal zu mir, in der Hoffnung liegt die Stärke, sich der Angst zu stellen. Ich hoffe, dass ich mit Brandon fliehen kann und uns niemand findet. Mehr Stärke finde ich im Moment nicht. Sie ist kaum stark genug, meine Angst zu bändigen.

Mein Liebster nahm mir das Bündel mit meinen Habseligkeiten ab. Ein paar Kleider und Bücher, nur das Nötigste. Und das, was mir wichtig ist. Charlottes Gedichtsammlung zum Beispiel. Es war eine Leihgabe und ich fühle mich falsch damit, sie mitzunehmen, aber ich bin ganz sicher, Charlotte hätte nichts dagegen.

„Hab keine Angst", sagte Brandon zu mir und schenkte mir einen zarten Kuss auf die Nasenspitze. Allein davon wird mir flau im Magen und schwindliger als zuvor. An seiner Seite finde ich die Hoffnung, mich meiner Angst vor dem Kommenden zu stellen. Wenn wir es jetzt nicht wagen, dann nie. Auch wenn wir beide nicht wissen, was uns erwartet und wie es ab jetzt weitergeht. Zusammen, daran glaube ich ganz fest, werden wir es auch ohne unsere Eltern schaffen.

Der Mann im Pfandhaus schaute uns skeptisch an und fragte, wem wir den Schmuck gestohlen hätten. Ich bekam den Wunsch, schnell wegzulaufen.

„Ich habe ihn nicht gestohlen", erklärte ich und man hörte meiner Stimme kein bisschen an, wie ich mich wirklich fühlte. Scarlett ist eben gut. Sie hat mir beigebracht, etwas vorzugeben, das ich nicht fühle. Das verlangt man eben von einer Frau, hatte sie dazu gesagt. Mein Mann dürfe mir nie anmerken, dass ich ihn nicht leiden könnte oder auch nur anderer Meinung wäre als er. Brandon dagegen hatte mich gebeten, genau das nicht zu tun. Ich soll ihm immer sagen, was ich wirklich denke und fühle.

Trotz meiner gut verborgenen Angst zweifelte der Mann noch immer. Andererseits würde ihm ein gutes Geschäft entgehen, denn wir wären mit quasi jedem Preis einverstanden, den er uns nennen würde. Wir brauchten nur ein bisschen Geld, um aus der Stadt fliehen zu können.

Und dieses Geld gab uns der Mann. Schließlich gab er sich selbst einen Ruck, setzte ein herzliches Lächeln auf und meinte, er werde uns einen guten Preis machen. Und das hat er. Mehr als ich geahnt hatte. So viel brauchen wir gar nicht und ich werde den Rest per Post an meine Mutter schicken, sobald wir uns eingerichtet haben. Wo auch immer ... Im Moment sitzen wir in der Eisenbahn und ich schreibe diese Zeilen, während die Landschaft an uns vorüberzieht und wir uns Meile um Meile von unserer Heimat entfernen.

Adeline Alderten

(Frau des Gutsbesitzers)

Es ist nicht zu glauben!

Ich war bei der Witwe Barlow zum Tee. Ich bringe sie nach unseren Treffen gern nach Hause. Die Diskussionen erhitzen mich und der anschließende Spaziergang kühlt mich wieder ab. Währenddessen können wir weiter über Dinge sprechen, die mich interessieren, aber laut der Auffassung meines Mannes nichts in Frauenköpfen zu suchen haben.

Wir hatten noch einiges zu bereden gehabt für die neue Ausgabe der Zeitung, die wir Charlotte widmen würden. Beim Tee im Haus der Witwe Barlow hakten wir dann auch die letzten Punkte ab.

Auf dem Heimweg kam ich am Pfandhaus vorbei und fand in der Auslage im Schaufenster tatsächlich meinen eigenen Schmuck! Mein Eigentum im Pfandhaus! Unter anderem eine Brosche, die mir meine Mutter schenkte! Dass William so weit gehen würde, hätte ich nie geglaubt! Wir mögen unsere

Differenzen haben, aber bisher hat er mein Eigentum nie angefasst, obwohl ihm das Gesetz weitestgehend freie Hand lässt.

Ich dachte gar nicht daran, an sein Arbeitszimmer zu klopfen. Ich riss einfach die Tür auf. Mit einem Blick sah er, dass ich wütend auf ihn war.

„Was ist denn nun schon wieder?", fragte er genervt und ich antwortete mit der Frage, ob es uns wirklich schon so schlecht ginge. Noch bevor er den Mund aufmachte, war ich mir beinahe sicher, er wusste nicht, wovon ich sprach.

„Schlecht? Wieso?"

„Wie viele Schulden hast du gemacht?", wollte ich wissen. „Oder hast du alles im Bordell gelassen?"

Der Schock saß tief. Er hatte keine Ahnung, dass ich wusste, wo er sich so herumtrieb.

Statt unwissend zu tun und alles abzustreiten, wurde er wütend. Das kenne ich ja schon seit Jahren. Er sprang von seinem edlen Stuhl und stapfte wie ein Stier um den großen Tisch herum. Wir stritten uns mal wieder so laut, dass es vermutlich im ganzen Haus zu hören war. Mir ist das egal, ich muss niemandem vorgeben, eine glückliche Ehe zu führen. William ist aber sehr wichtig, dass der Schein gewahrt bleibt.

Jedenfalls schien er tatsächlich nicht zu wissen, worauf ich hinaus wollte, also wurde ich deutlicher und sagte ihm ganz offen, ich hätte meinen Schmuck im Fenster der Pfandleihe gesehen. Im gleichen Atemzug fiel die Spannung von ihm ab.

Er richtete sich auf und runzelte die Stirn. „Bist du sicher?"

Natürlich bin ich sicher, wenn der halbe Inhalt meines Schrankes im Schaufenster ausgestellt wird. Vor allem die Brosche meiner Mutter war eine Anfertigung extra für mich gewesen! Die gibt es kein zweites Mal.

Aber ich glaube William. Er wusste wirklich nichts davon. Und zum allerersten Mal in all den vielen gemeinsamen Jahren tat er etwas für mich. Er ließ die Kutsche spannen, fuhr mit mir als Erstes zur Bank und holte genügend Geld, um meinen Schmuck auszulösen.

„Wer das war, finden wir später heraus", legte er fest und ich war machtlos. Meine Mundwinkel hoben sich und schenkten ihm ein Lächeln, das er nicht mal bei unserer Hochzeit gesehen hatte. Noch nie zuvor hatte er wirklich etwas für mich gegeben. Außer Geld, aber darum ging es in dem Moment eigentlich nicht. Er kauft mir teure Geschenke, das kann er gut. Aber sonst ... Wir können kein vernünftiges Gespräch führen, weil unsere Ansichten einfach in allem zu weit auseinandergehen. Von romantischen Spaziergängen hält er genauso wenig wie ich von seinen langweiligen Erzählungen zu seinen Geschäftspartnern. Er erzählt nie von den Geschäften selbst, nur von den Leuten, mit denen er zu tun hat, doch die interessieren mich nicht. Einen Blumenstrauß habe ich von ihm noch nie bekommen. Zumindest nicht ohne Anlass, bei dem es der Anstand gebietet, der Frau einen Strauß zu schenken. Ansonsten ... Tja, mein Vater hätte keinen ungeeigneteren Mann für mich bestimmen können.

In dem Moment, da ich nicht auf ihn direkt wütend war, sondern weil mir Unrecht widerfuhr, zeigte sich, dass auch in William ein Gentleman stecken kann. Wenn er es denn möchte ...

Zu meinem Glück lag der Schmuck noch nicht lange aus. Es war noch alles da, sagte der Mann. William fragte ihn direkt, wer die Stücke in Zahlung gegeben hatte.

Und danach brach unser Leben zusammen.

„Ein junges Paar", hatte der Pfandleiher gesagt. Zuerst wusste ich nicht, wer das gewesen sein könnte, bis William ihn bat, die beiden zu beschreiben.

Sue!

Eindeutig, es war unsere eigene Tochter gewesen. Der Beschreibung nach war sie mit diesem Bäckersjungen hier gewesen.

Das konnten wir natürlich nicht so stehen lassen und wollten sie zur Rede stellen. Ich war mir ganz sicher, Sue hätte eine vernünftige Erklärung für den Diebstahl. Meine Tochter ist keine Diebin. Aus irgendeinem Grund hatte sie keinen anderen Ausweg gesehen, als ihre eigene Mutter zu bestehlen. Wie verzweifelt mein Mädchen sein musste. Und wie schuldig sie sich gerade fühlen muss. Ich werde auf jeden Fall alles dafür tun, ihr aus der Notlage zu helfen, in der sie sich gerade befindet.

Dafür hätten wir sie aber erst einmal finden müssen. Wir suchten unser ganzes Haus ab, das gesamte Grundstück, die ganze Stadt. William wütete beim Bäcker herum und verlangte, er möge seine Tochter herausgeben. Ich glaube nicht, dass

Duncan Nightham etwas weiß, denn seine Vorwürfe uns gegenüber waren die gleichen.

„Wo ist mein Sohn?!", wollte er immer wieder wissen und schlussendlich mussten wir uns damit abfinden, dass unsere Kinder uns verlassen hatten.

Jetzt ist es beinahe Mitternacht. William und Duncan sind noch immer unterwegs und suchen Sue und Brandon. Gemeinsam. Seit Jahren gibt es Streit zwischen ihnen. Von einem Augenblick zum nächsten scheint er beigelegt.

Ich sitze mit Scarlett vorm Kamin, sticke, warte auf William und bete im Stillen. Auch Scarlett hat keine Ahnung, wie ich nun weiß. Sie ist Sues Freundin und ich glaubte, sie würde etwas wissen, aber Sue hatte niemanden eingeweiht. Sie war einfach davongelaufen und ich frage mich, was ich hätte anders machen sollen? Erst an diesem Abend löste Scarlett ihre Zunge. Sie hatte meine Sue in der ganzen Zeit unterstützt. Sie hatte geholfen, jedes Treffen mit Brandon möglich zu machen, so oft es nur ging.

Scarlett bat mich um Vergebung, dass sie nichts gesagt hatte. Sue hatte sie darum gebeten, denn wenn ich etwas gewusst hätte, wäre mir nichts anderes übrig geblieben als William anzulügen. Erzählt hätte ich ihm nichts, das weiß Sue hoffentlich.

Seit fünfzehn Jahren kämpfe ich mit Heather Wilkinson für die Erweiterungen der Rechte von Frauen, doch den großen Durchbruch wird es nicht von heute auf morgen geben. Sue und ich sind William ausgeliefert. Wenn er entscheidet, wen sie zu ehelichen hat, dann muss sie sich dem beugen.

Sie weiß doch, dass ich darüber oft mit ihrem Vater streite, weil ich der Meinung bin, sie müsse sich selbst einen Mann suchen. Wenn sie die Entscheidung ihrem Vater überlassen will, dann sollte er sich nicht verweigern, aber sie zu zwingen, ist nicht richtig. William und ich wissen es doch aus eigener Erfahrung! Er hatte es dennoch getan und unsere Tochter vertrieben. Das werde ich ihm nie verzeihen und habe nun auch keinen Grund mehr, bei ihm zu bleiben.

Ich muss gestehen, ich bewundere Sue für ihren Mut. Den hatte ich damals nicht, obwohl auch ich einen anderen Mann liebte. Der verschwand jedoch auf mysteriöse Weise und später fand ich zufällig heraus, dass mein Vater ihm eine große Summe bot, wenn er aus meinem Leben verschwindet, damit ich

William heiraten würde. Sehr viel scheine ich diesem Mann nicht bedeutet zu haben. William hätte keine Summe aufbringen können, die Brandon Nightham dazu verleitet hätte, Sue im Stich zu lassen. Dafür beneide ich sie beide.

Andererseits hätte ich auch keine so bezaubernde Tochter, wenn sich mein Vater damals nicht auf so hinterhältige Weise durchgesetzt hätte. Ich wünsche meinem Kind von Herzen alles Gute. Ich bete für sie und auch für Brandon, dass sie sich ein Leben in Liebe aufbauen und nicht so verbittert enden wie ich. Soll Gott seine Hand über sie halten und sie schützen. Sie beide.

William Alderten

(Gutsbesitzer)

Unglaublich!

Es ist mitten in der Nacht und ich muss meiner verzogenen Tochter hinterherjagen! Was denkt sich diese Göre eigentlich, mich so in Verlegenheit zu bringen? Spätestens morgen weiß die ganze Stadt, dass ich mit einem Bäcker herumlaufe! Sie werden auch wissen, dass meine Tochter fortgelaufen ist! Mit einem Bäckerssohn! Was sollen denn die Leute von dem ehrwürdigen Namen Alderten halten, wenn sie im gleichen Atemzug an einen Bäckersohn denken müssen?

Ich bin immer noch so wütend, dass mir heiß ist, trotz der kühlen Brise der Nacht.

Neben mir, in *meiner* Kutsche, saß Duncan Nightham! Ein Bäcker in meiner Kutsche - es ist nicht zu glauben, wozu mich meine Tochter bringt.

Allerdings glaube ich Duncan, dass auch er von nichts weiß. Sein Kopf ist knallrot vor Wut und auch er trägt keinen Mantel bei sich, ohne die kleinsten

Anzeichen des Frierens zu zeigen.

Wir schwiegen uns an, während wir einer weiteren Spur folgten. Als wären wir nicht mehr ganz bei uns, hatten wir fremde Leute angesprochen, ob sie ein junges Paar gesehen hätten. Wie oft ich Sues Äußeres heute schon beschrieben habe, kann ich gar nicht mehr zählen.

Immerhin hatte es uns geholfen. Ein Wirt erinnerte sich, er habe die beiden gesehen, als er einen volltrunkenen Gast hinausgeworfen hatte. Die beiden Kinder waren in eine Mietkutsche gestiegen! Das muss man sich mal vorstellen! Duncans Sohn zwingt meine Tochter, ihrer Mutter den Schmuck zu stehlen, nur um vornehm mit einer Mietkutsche zu fahren! Wozu hat der Kerl eigentlich zwei Beine? Wenn er sich die Kutsche nicht leisten kann, dann kann er sich auch meine Tochter nicht leisten. Welch Dreistigkeit dieser Kerl an den Tag legt, kennt keine Worte!

Was erwarte ich bei so einem Vater eigentlich? Geboren als Bäckersohn hatte Duncan, ähnlich wie sein Sohn jetzt, sich in den Kopf gesetzt, meine Schwester zu heiraten! Ebenso wie ich nun hatte sich auch unser Vater verweigert. Selbstverständlich. Was soll eine Dame von edler Herkunft auch mit einem Bäcker? Der kann ihr doch nichts bieten!

Und was hatte Duncan getan? Meiner Schwester so den Kopf verdreht, dass sie sich das Leben nahm, ehe sie ihren wahren Mann heiraten konnte. Mein Vater hatte einen guten und edlen Gentleman für sie gesucht, doch sie hatte den Freitod gewählt, statt Duncan gehenzulassen. Er hatte ihr nur Unsinn erzählt. Von einer nicht reichen, aber guten Zukunft hatte er geschwärmt. In Liebe! Von wegen! Wer soll denn von Liebe leben können? Kann man Liebe in der Bank einzahlen oder gegen Nahrungsmittel eintauschen? Seine Miete damit bezahlen oder Kinder ernähren? So ein Unfug!

Und jetzt zieht sein Sohn mit meiner Tochter den gleichen Schwindel ab. Stößt Sue etwas zu, werde ich nicht nur Brandon zur Rechenschaft ziehen, auch Duncan. Für den Tod meiner Schwester ist er nie belangt worden. Noch einmal werde ich ihn nicht davonkommen lassen! Nicht schon wieder, wo es um meine eigene Tochter geht! Kaum zu glauben, dass mein Vater damals keine weiteren Schritte veranlasst hatte.

Im Moment sind Duncan und ich aber so etwas Ähnliches wie Verbündete. Wir sind auf der Suche nach unseren Kindern, um sie zur Vernunft zu prügeln, wenn es sein muss.

Immer wieder, wenn wir Menschen sahen, hielten wir an und fragten, ob sie die Kutsche mit den beiden Kindern gesehen hatten. Es dauerte nicht lange, ehe wir uns sicher waren, was ihr Ziel gewesen war. Der Bahnhof.

Dort angekommen fragten wir jeden einzelnen Kutscher, ob er die beiden gefahren hatte. Und einer bestätigte uns, dass er sie genau hier abgesetzt hatte. Unbegreiflich. Die klauen den Schmuck meiner Frau, tauschen ihn beim Pfandleiher gegen viel zu wenig Geld ein, im Vergleich zum tatsächlichen Wert der Schmuckstücke, und geben das auch noch aus, um mit einer Mietkutsche und dann mit der Eisenbahn zu fahren.

Inzwischen können sie überall sein. Der Fahrkartenverkäufer erinnerte sich zwar, dass er einem jungen Pärchen Fahrkarten verkauft hatte, aber wohin oder wenigstens in welche Himmelsrichtung, das wusste er nicht mehr. Er konnte uns aber immerhin noch sagen, dass es schon einige Stunden her sei. Am Nachmittag, glaubte er. Mittlerweile ist es nach Mitternacht und die beiden haben einen zu großen Vorsprung. Ohne Anhaltspunkt, wohin die Reise für sie gehen sollte, werden wir sie nicht finden, solange sie nicht gefunden werden wollen. Das ist also das Ende unser beider Vaterschaft.

So zerstritten Duncan und ich auch sind, in dem Moment glichen wir uns. Er in seiner dreckigen Bäckerkluft, mit zerzausten Haaren, und ich in meinem guten Rock, mit anständig gelegtem Haar, Hut und Stock - wir hätten uns kaum mehr unterscheiden können. Und doch waren wir wie unser Spiegelbild, als wir an dem Bahnsteig standen und in die vielleicht richtige Richtung blickten. Irgendwo dort war vielleicht meine Tochter. Allein mit einem Jungen, für den sie alles aufgegeben hatte. Ihre Eltern, ihr Heim, ihren Stand. Und mich ließ sie zurück mit der Aufgabe, ihrer Mutter das beibringen zu müssen. Adeline wird verrückt vor Sorge bleiben, solange sie nicht weiß, dass es Sue gutgeht.

Emily Nightham

(Frau des Bäckers)

Es war schon beinahe morgens, ehe Duncan endlich zurückkehrte. Dass er und William Alderten gemeinsam etwas unternahmen, sollte schon etwas heißen. Ich kenne keine Gründe oder Einzelheiten des Streits. Den gibt es schon länger, als ich Duncan überhaupt kenne. Der Hass fließt in beide Richtungen, soweit ich weiß.

Trotzdem machten sie sich gemeinsam auf den Weg, um unsere Kinder zu suchen. Adeline Alderten war dabei gewesen. Sie ist eine umwerfend schöne Frau, die ich nur beneiden kann. Mit Schönheit gesegnet, mit Reichtum belohnt und zur Krönung einen stattlichen Gentleman an ihrer Seite. Über Duncan kann ich mich als Ehemann kaum beklagen. Wir sind uns vielleicht nicht immer einig und arbeiten hart für unseren Lebensunterhalt, aber ich weiß in ihm auch einen Freund, mit dem ich Scherze machen und lachen kann. Und er ist unserem Sohn ein guter Vater. Das war er immer. Streng, aber gerecht und mit ausreichend Moral behaftet, um unseren Brandon zu einem anständigen Jungen zu erziehen.

Das schließt eine Sache allerdings kategorisch aus. Susanne Edith Alderten! Ich weiß nicht mal genau, wie Sue und Brandon sich kennenlernten. Eigentlich hätten sie sich nie über den Weg laufen dürfen. Ich habe nie danach gefragt und bereue es jetzt. Ich wusste von Anfang an, dass es meinen Jungen im Herzen getroffen hatte. Und das Herz ist bisweilen der größte Gegner eines vernunftbegabten Menschen, wie die beiden Kinder nun beweisen.

Brandon hatte mir vor etwa einem Jahr nicht mal ein Wort sagen müssen. Als Mutter sah ich es auf einen Blick. Mit meinem Jungen war etwas ganz Wunderbares geschehen. Lächelnd hatte ich nur nach dem Namen der Dame gefragt und er hatte ihn mir genannt. Da wusste ich, das konnte nur Ärger geben.

Ich selbst hatte ihm gesagt, es sei besser, wenn Duncan nichts davon erfährt. Zufällig war es dann doch irgendwann herausgekommen und Duncan wie ein Tornado durch unser Haus gestürmt. Nie zuvor hatte ich ihn so herumwüten sehen. Irgendetwas in der Vorstellung von Sue an der Seite seines Sohnes hatte ihn fuchsteufelswild gemacht.

„Niemals!", hatte er geschrien. „Unter keinen Umständen lasse ich zu, dass du unser Blut mit diesem Abschaum vermischst!"

Seither hatten wir das Thema nie wieder angeschnitten, solange Duncan in der Nähe gewesen war. Nur allein zwischen Mutter und Sohn hatte Brandon von Sue berichtet.

Adeline Alderten scheint kein so gutes Verhältnis zu ihrer Tochter zu haben. Sie wusste offenbar gar nichts. Nachdem sich unsere Männer so lange angeschrien hatten, dass sich schon die Nachbarn beschwerten, war es immerhin zu einem Einsehen auf beiden Seiten gekommen. Sie waren jeder für sich genauso unwissend wie der jeweils andere. Zumindest was das Verschwinden unserer Kinder angeht.

An Adeline und mich dachte niemand mehr. Als wären wir Möbelstücke vergaßen die beiden Männer einfach, dass wir überhaupt noch im Raum waren. Sie gingen hinaus, stiegen in die Kutsche, mit der die Aldertens gekommen waren, und fuhren davon. Adeline hatte noch in der Tür gestanden und der Kutsche nachgesehen. Bis zu ihr nach Hause ist es weit. In dem Kleid hätte ich den Weg nicht zu Fuß zurücklegen wollen.

Lächelnd und freundlich hatte ich sie zurück ins Haus geführt und ihr einen Tee aufgebrüht. Sie sah genauso durch den Wind aus, wie ich mich fühlte. Im Gegensatz zu unseren Gatten trennt uns aber kein Streit und ich erzählte ihr unter der Voraussetzung der Verschwiegenheit, was ich wusste. Vor mir saß keine standesmäßig höhere Dame, als ich eine bin. Vor mir saß eine von Sorgen zerfressene Mutter. Die Sorgen konnte ich ihr wenigstens ein bisschen nehmen, indem ich ihr versicherte, Brandon meint es ernst mit Sue. Er wird nicht zulassen, dass ihr etwas zustößt. Wir sind vielleicht nicht reich und nicht geadelt, dessen muss sich Sue bewusst gewesen sein, bevor sie mit Brandon gegangen ist. Aber wir sind anständige Menschen und Brandon wird Sue zu einer ebenso anständigen, wenn auch nicht mehr reichen Dame machen. Ganz sicher.

Meine Meinung lasse ich mir auch von Duncan nicht nehmen. Er kehrte irgendwann mit William Alderten zurück. Bis dahin waren Stunden vergangen und Adeline hatte sich mit einer Mietkutsche nach Hause bringen lassen.

„Ihr seid selbst Schuld!", sagte ich den beiden Männern rundheraus. Hätten die sich nicht so angestellt wie zerstrittene Kinder, könnten Brandon und Sue noch bei uns sein.

Duncan kennt meinen Standpunkt und weiß auch, dass ich mich davon nicht abbringen lasse. William Alderten sieht das anscheinend anders, aber ich bin nicht die Richtige für dieses Gespräch. Er muss sich Adeline stellen und ihr erklären, wieso ihre Tochter nicht heimkehren wird.

Egal wo unsere Kinder sind, in welche Richtung sie aufgebrochen sind, welche Pläne sie verfolgen, wo sie enden werden und was sie sich aufbauen werden … Wo auch immer sie sind, folgen ihnen meine Gebete. Soll Gott doch bitte dafür sorgen, dass sie glücklich werden. Sie sollen das Glück finden, das sie für sich selbst definieren. Niemand kann ihnen vorschreiben, was sie glücklich macht, das müssen sie schon selbst herausfinden und dann dafür kämpfen, dass es ihnen nicht weggenommen wird. Diesen Kampf haben sie gewonnen, denn nun kann sie keiner der beiden verbohrten Herren mehr trennen. Auch wenn es bedeutet, dass ich meinen Sohn, mein einziges Kind, verlieren musste.

Finnegan McLoad

(Neffe von Byron McLoad)

Ich verstehe das nicht. Sie ist weg. Einfach weggelaufen. Susanne Edith Alderten, meine schon sicher geglaubte Frau, ist geflohen. Mit dem Sohn eines Bäckers.

Nein, das ist zu viel! Das kann ich einfach nicht begreifen.

Seit dem Dinner habe ich Sue kaum zu Gesicht bekommen. Entweder sie war nicht da oder ließ sich für den Unterricht entschuldigen. Sie ging mir aus dem Weg. Das allein verstand ich schon nicht, doch dann ...

Ich lief ziellos durch die Stadt, ein Stück am Fluss entlang, durch einen Park. Überall traf ich Menschen. Frauen liefen nebeneinander die Wege entlang oder eilten die Straßen hinab zum Einkauf. Männer stolzierten hoch erhobenen Hauptes an mir vorüber. Auch ich lief aufrecht, doch innerlich sah ich zu Boden und überlegte, was geschehen ist.

Zu dem Dinner habe ich mich doch schön mit Sue unterhalten. Die Vorstellung, sie zu heiraten, war kein Graus mehr. Ganz im Gegenteil. Ich hatte immer Angst gehabt, ich würde eine Frau abkriegen, die abscheulich hässlich ist. Und dumm obendrein. Stattdessen suchte mir mein Vater Sue. Zum allerersten Mal in meinem Leben habe ich die Ehe als etwas Gutes empfunden.

Auf dem Weg zurück zu Onkel Byron, von dem ich nicht schon wieder einen Empörungsanfall über die Aldertens hören wollte, traf ich dann zufällig auf William Alderten. Er bemerkte mich nicht, doch irgendetwas stimmte nicht. Er war mit einem Bäcker unterwegs und das schien mir doch sehr verdächtig. So folgte ich den beiden unauffällig.

Sie befragten vorbeilaufende Passanten. Ich konnte sie nicht verstehen und wusste nicht, was sie so aufregte, dass sie von Minute zu Minute mehr Zorn in den Gesichtern stehen hatten.

Irgendwann führte der Weg zum Bahnhof und ich bekam einen ersten Verdacht, was der Grund dieser Zusammenkunft sein könnte. Es war nur eine leise Stimme, die sich in meinen Hinterkopf schlich und sich immer mehr aufbäumte.

Die beiden Männer waren auf der Suche nach Sue!

Aber nicht nur, sie suchten auch den Sohn des Bäckers und fuhren schließlich zurück nach Hause. Auf dem Bahnsteig hatten sie eine ganze Weile gestanden und in beide Richtungen gesehen. Schweigend. Hin und her waren die Köpfe gegangen, doch niemand konnte ihnen versichern, in welcher Richtung das Gesuchte lag.

Sue war fort!

Ich stahl mich aus der dunklen Ecke und machte mich nun endgültig auf den Weg zurück zu Onkel Byron. Ich muss akzeptieren, dass Sue die Flucht in die Armut mir vorgezogen hat.

Aber warum?

Bin ich wirklich ein so schlechter Mann?

Als ich sie heute Morgen endlich mal angetroffen hatte, konnte sie sich nicht mehr herausreden. Sie war aus dem Haus gekommen und dort hatte ich sie erwartet. Ich wollte mit ihr reden und die Chance nutzen, da sie offenbar Zeit für einen Spaziergang hatte.

Den gemeinsamen Spaziergang hat sie mir geschenkt, doch mehr nicht. Schon allein der tiefe Seufzer, mit dem sie mir folgte, hatte mich aufhorchen lassen. Dann schwiegen wir und als ich ein Gespräch mit ihr anfangen wollte, blockte sie ab und blieb stehen.

„Ich kann nicht gutheißen, was du tust", hatte sie gesagt und mir meine Karriere vorgehalten. In aller Deutlichkeit und unmissverständlich hatte sie ausgesprochen, sie wolle niemanden heiraten, der Gewalt anwendet. So sehr ich mich bemühte, sie davon zu überzeugen, dass das Bild meines Berufes in ihrem Kopf völlig falsch ist, so sehr lehnte sie mich weiterhin ab. Es gab keine Chance für mich, sie von ihrem Irrtum zu überzeugen.

„Ich werde einen Weg finden, dich zu überzeugen", sagte ich und ging mit dem Wunsch, irgendetwas zu finden, das ihr begreiflich machte, dass ich nicht wahllos irgendwelche Menschen töten würde. Dass ich nicht wahllos irgendwelche Dörfer und Städte überfallen und ausplündern würde. Dass ich trotz meiner Abzeichen immer noch ein Mensch bin.

In einem Buchladen hatte ich etwas Passendes gefunden. Ich wollte ihr das Buch nicht persönlich überreichen, sondern ihr schicken. Nun liegt es neben mir auf dem Tisch in Onkel Byrons Haus und wird sie nie erreichen, weil ich nicht weiß, wohin ich es schicken soll.

Es würde sowieso nichts ändern, glaube ich. Die Vorstellung der Ehe mit mir hatte sie fortgetrieben. Fort in ein unbekanntes Leben ohne Geld, ohne Namen, ohne Rang. Mein Name, mein Ansehen und mein Rang bedeuten ihr nichts im Vergleich zu dem Herz eines Bäckersjungen. Damit werde ich leben müssen.

Ebenso mit den tobenden Anfällen meiner Familie. Angefangen bei Onkel Byron, der sich selbst eine Stunde, nachdem ich ihm alles erzählte, kaum beruhigen kann. Mein Vater ist genauso wie sein Bruder. Sobald ich heimkehre und ihm davon erzähle, werde ich haargenau den gleichen Zornesausbruch noch einmal erleben.

Das Einzige, das mir Sue zurückgelassen hat, ist die Hoffnung, dass ich eines Tages doch noch eine Frau finde, die mich so bedingungslos liebt wie Sue den Bäckerssohn. Eine Frau, die auch meinen Beruf akzeptiert und sich mit mir über jeden Aufstieg freuen kann. Eine Frau, die sich für das interessiert, was ich tue. Und eine Frau, bei der mich interessiert, was sie tut. Im Nachhinein fiel mir auf, ich habe Sue nicht ein einziges Mal gefragt, womit sie ihre Zeit gern verbringt. Nicht ein einziges Mal, weil in mir nicht mal der Gedanke gereift war, dass sie mich als *nicht gut genug* empfinden könnte. Von ihrer Mutter weiß ich, dass Sue gern stickt. Sue selbst habe ich nicht gefragt. Wieso eigentlich nicht?

Vielleicht hätte ich etwas ändern können. Vielleicht musste es auch so kommen, damit wir beide getrennt unser Glück finden. Ich hoffe es. Für uns beide, denn im Gegensatz zu meinem Vater und meinem Onkel hege ich keinen Groll gegen Sue oder den Bäckersjungen. Sie sind ihren Herzen gefolgt. Dafür sollte man sie nicht bestrafen und ich bete dafür, dass auch Gott es so sieht wie ich, nicht wie meine Familie.

Adeline Alderten

(Frau des Gutsbesitzers)

Sue … Meine kleine Sue … Sie ist tatsächlich ganz fort und kehrt nicht zurück. Von Emily Nightham weiß ich, dass sich Sue und Brandon wirklich lieben und gemeinsam zu diesem Schritt entschlossen haben. Es gibt für mich als Mutter also eigentlich keinen Grund, die Entscheidung zu missbilligen. Aber ich werde nie in den Genuss kommen, meine Sue im Brautkleid zu sehen. Ich werde nie Großmutter sein dürfen. Ich werde nie den Glücksstrahl in ihren Augen sehen, den eine Liebesehe mit sich bringt. Das ist für mich Grund genug, trotzdem niedergeschlagen zu sein.

Wäre ich eine bessere Mutter, hätte mir Sue vielleicht auch schon früher erzählt, dass sie und Brandon sich weiterhin trafen. So wie Brandon es seiner Mutter berichtet hatte. Emily erzählte ja, sie habe es die ganze Zeit gewusst. Wieso ich nicht?

Um meinetwillen, erklärte Scarlett und ich musste es hinnehmen. Meine Sue ist ein Schatz, das lasse ich mir von niemandem kaputtreden.

In einer Sache bin ich mir allerdings hundertprozentig sicher: Hätte ich es gewusst, hätte ich die beiden auch nicht aufgehalten. Ganz im Gegenteil, ich hätte sie unterstützt und meinen Schmuck freiwillig verkauft. Selbst die Brosche meiner Mutter hätte ich mit Freuden für das Glück meines Kindes hergegeben.

Vielleicht … Ja, vielleicht hätten sie mich auch mitgenommen? Nicht als Ballast, den sie ertragen, sondern als Freundin und Mutter für beide. Was hält mich denn hier, wenn nicht meine kleine Sue? Und nun ist sie fort.

William ist außer sich vor Wut. Er denkt nur an den Ruf seines Namens und den Skandal, wenn seine Tochter mit einem Bäckersjungen davonläuft. In keiner einzigen Sekunde hat er wirklich verstanden, was es heißt, ein Ehemann und Vater zu sein. Für ihn bin ich ein Accessoire und Sue ist ein Statussymbol.

Nein, das sind wir eben nicht! Wir sind Menschen mit eigenen Gedanken und der Fähigkeit, eigene Gefühle aufzubauen. Sei es Zorn oder Liebe, Hass oder Freundschaft. Oder auch der Wunsch nach Freiheit!

Nicht umsonst unterstütze ich schon lange Heather Wilkinsons Kampf für die Freiheit der Frauen. William hat keine Ahnung, dass ich jeden Monat Geld zur Verfügung stelle, damit die Zeitung gedruckt und verteilt werden kann. Wie sollen sich die Frauen erheben, wenn sie nicht wissen, dass sie nicht allein mit diesem Wunsch dastehen? Wie soll sich jemals etwas ändern, wenn kein Mann weiß, dass wir uns der Unterdrückung entziehen wollen?

Meine persönliche Unterdrückung beende ich in der Nacht vom siebten auf den achten August. William kam mit der Neuigkeit nach Hause, dass unsere Sue wohl die Eisenbahn als Fluchtmittel genutzt hatte. In welche Richtung, das wissen wir nicht und werden wir nie erfahren, so sagte er es. Und dann noch einen Satz, der mich um den Verstand brachte: „Ab sofort haben wir keine Tochter mehr."

Ich kann einfach nicht glauben, dass er das wirklich so herzlos dahersagen konnte. Wie kann er von einer Minute zur nächsten sagen, er habe keine Tochter mehr? Sue wird immer unser Kind bleiben. Wo auch immer sie sich aufhält, wozu auch immer sie sich entscheidet, was auch immer aus ihr wird - eines ändert sich nie: Sie ist meine Tochter!

Ebenso wird sie Williams eigen Fleisch und Blut bleiben, da kann er sich noch so sehr dagegen sträuben.

Erneut entbrannte zwischen uns ein Streit, den jeder im Haus hören konnte. Das gesamte Hauspersonal kennt uns aber auch nicht anders. William hat ein außerordentliches Talent dafür, mich wütend zu machen. Andersherum ist aber auch niemand außer mir so gut darin, ihn wütend zu machen. Wie schon oft denke ich mir, mein Vater hätte keinen unpassenderen Mann für mich bestimmen können.

Diesmal ging William aber viel zu weit für mein Verständnis dessen, was ich ertragen möchte. Meine Einsicht, bei ihm zu bleiben, ist mit Sue verschwunden. Nur weil ich seine Frau bin, heißt das noch lange nicht, dass ich nicht einfach gehen könnte. Für Sue war ich bisher nicht gegangen und wäre auch jetzt nicht gegangen. Alles hätte William tun und sagen können, ich hätte mein Kind nicht im Stich gelassen. Aber Sue ist fort und William hätte sich anstrengen müssen, mich zu halten.

Dass er Gefahr lief, neben seiner Tochter auch noch seine Frau zu verlieren, fiel ihm nicht mal ein.

In seinen Augen habe ich keine Rechte und keine Wünsche. Außer ihm zu dienen natürlich.

Aber ich habe Wünsche! Ich habe Träume! Und ich habe Rechte!

Als ich ihm unüberhörbar an den Kopf geworfen hatte, dass ich seiner absolut überdrüssig bin und nun auch keinen Grund zu bleiben mehr habe, wagte er einen Schritt, den er hätte nicht wagen sollen. So schnell konnte ich nicht reagieren, da schlug er mir so hart ins Gesicht, dass ich stürzte und mit dem Kopf gegen eine Kommode stieß. Noch nie zuvor hatte er die Hand gegen mich erhoben!

„Es wird Zeit, dass ich deine Züchtigung in die Hand nehme!", hatte er erhaben über alles und jeden erklärt und erst richtig angefangen.

Natürlich versuchte ich, der Prügel zu entfliehen und William zu entkommen, doch er ließ mich nicht. Meinen Willen konnte er mit keiner Prügel der Welt brechen. Jetzt, da er sein wahres Gesicht präsentierte, hatte ich noch weniger Grund, etwas nicht auszusprechen. Ich sagte einfach alles, das mich belastete. Ich sagte ihm, dass er unser Kind vertrieben hatte, dass er allein Schuld an Sues und meinem Unglück ist, und auch, dass Sue bisher der einzige Grund war, weshalb ich ihn nicht verlassen habe.

Den letzten Punkt hätte ich in diesem Augenblick für mich behalten sollen. Er wurde so wütend, dass er sich vom Kamin den Schürhaken nahm. Unter keinen Umständen wollte ich damit in Berührung kommen. Mein Gesicht war sowieso schon zugeschwollen und überall trat Blut aus meinem Körper. Es gab kaum eine Stelle, die ich nicht in Schmerz pulsieren spürte, aber kein Schmerz hätte mich aufhalten können, die Flucht mit allen Mitteln zu ergreifen.

Ich warf eine recht schwere Büste nach ihm, er konnte sich gerade noch wegducken. Das war meine einzige Chance und ich rannte aus dem Haus, ohne mich noch einmal umzusehen. Zu Fuß hätte ich ihn nicht abschütteln können, daher nahm ich mir ein Pferd, sattelte es nicht mal und ritt im Galopp in die untergehende Nacht hinaus. Ich bin eine gute Reiterin, schon immer gewesen. Trotz Kleid und Haltung kann ich schneller reiten, als es William mir zugetraut hatte. Die Tränen machten es jedoch schwierig, in der Dunkelheit den Weg auszumachen, und ich überließ die meiste Zeit dem Pferd die Führung.

Für mich gab es in dem Moment eigentlich nur eine Zuflucht: Heather Wilkinson und Neele Blackford.

Weinend, verzweifelt und schwer verletzt kam ich bei ihrem Haus an und klopfte, so doll ich eben noch konnte. Die Kräfte verließen meinen Körper und noch ehe eine der beiden die Tür öffnete, sank ich zu Boden und weinte in meine Hände.

Mittlerweile habe ich mich beruhigt, Neele versorgte auch meine Wunden und ich zog kurzerhand in das Gästezimmer. Ich weiß nicht mehr, wie ich ins Haus kam. Ich kann mich nicht mal mehr daran erinnern, dass die Tür geöffnet wurde. Nur eines weiß ich: Meine beiden Freundinnen hörten sich meinen ganzen Schmerz an und ahnen, dass nicht einer von Williams Schlägen so schmerzhaft ist wie der Verlust meiner Tochter.

William Alderten

(Gutsbesitzer)

Ein Wunder, dass ich noch keinem Herzanfall erlegen bin. Was ich an einem einzigen Tag alles zu ertragen habe, ist kaum vorstellbar.

Nicht nur, dass mich gestern die Polizei des Mordes verdächtigt hat und nun auch noch meine Bekanntschaften ins Bordell preisgibt … Als wäre das nicht schon genug für einen Alderten wie mich, musste ich ja auch noch von Sue und dem Bäckersjungen erfahren! Von der Polizei! Und statt sich in meine Anweisungen zu fügen, begehrt dieses Kind weiterhin gegen mich auf! Schlimmer! Sie setzt dem Ganzen noch die Krone auf und läuft davon! Größere Schande kann sie über ihren Vater gar nicht bringen, doch darüber denkt sie nicht nach. Die hat überhaupt nicht nachgedacht, nur ihre eigenen, kindischen Wünsche im Sinn!

Von wem sie die hat, weiß ich. Adeline! Die ist genauso verzogen und genauso unwissend. Natürlich hat sie diesen ganzen Schund an Sue weitergegeben. Hätte ich davon gewusst, hätte ich Sue ins Internat geschickt. Oder irgendwo anders hin, Hauptsache aus der Reichweite von Adeline. Dann hätte ich jetzt einige Sorgen weniger.

Adeline ... Wenn ich dieses Weibsbild in die Finger kriege ... Erst verschuldet sie das Verschwinden unserer Tochter und die damit verbundene Schmach für mich! Dann sollte sie wenigstens Reue zeigen und mich um Vergebung bitten, doch das tut sie nicht. In falschem Stolz klammert sie sich an ihre verdrehte Wahrheit und gibt wirklich *mir* die Schuld!

Und was hat sie nun davon? Sie irrt irgendwo umher und erwartet vermutlich, dass ich sie suche. Darauf kann sie lange warten. Soll sie die Nacht im Freien verbringen, es tangiert mich nicht. Vielleicht weckt es in ihr endlich ein Einsehen.

Gibt mir die Schuld ... Nicht zu fassen. Nicht umsonst bestehen Gerichte aus Männern. Weiber sind gar nicht in der Lage, die Frage der Schuld zu beurteilen. Aber nein, meine Frau hat sich in den Kopf gesetzt, eigene Rechte haben zu wollen. Gäbe man Frauen Rechte, stürben sie vermutlich aus. Was soll aus dem Haufen Grazien werden, wenn kein Mann da ist, der ihnen sagt, was sie zu tun haben? Wenn ihnen keiner die Richtung weist? Woher sollen

Weiber denn wissen, was gut für sie ist? Um eigene Rechte zu beanspruchen, müssten sie denken können! Das logische Denkvermögen ist jedoch den Männern vorbehalten.

Wenn es nicht so peinlich wäre, würde ich mein Martyrium niederschreiben und veröffentlichen. Als Mahnmal für alle Weiber, sich in ihre Stellung zu fügen, und für alle Männer, sie sollten nicht zu seicht mit ihren Frauen und Töchtern umgehen. Es würde sicherlich viele geben, die gern auf die Erfahrungen einer Leidensgeschichte zurückgreifen.

Da mein sanfter Umgang mit Adeline und Sue aber nur ein Beispiel dafür liefert, wie man es *nicht* tun sollte, werde ich es für mich behalten.

Adeline wird morgen wieder anklopfen und wenn sie mir beweist, dass sie es zukünftig besser machen will, dann werde ich ihre Entschuldigung annehmen und sie wieder ins Haus lassen. Vermutlich ist der Gedanke wieder viel zu sanft für einen Mann, aber ich werde sie künftig deutlich strenger überwachen. Mehr als ihre Hand- und Hausarbeiten hat sie nicht zu erledigen. Geld bekommt sie auch nur noch, wenn sie mir genauestens sagt, wofür sie es haben will. Und ohne Gegenleistung bekommt sie gar nichts. Wenn sie es nicht anders kann, dann muss ich ihre finanziellen Mittel eben an ihren Bemühungen festmachen. Ist sie eine folgsame Ehefrau, wird sich das für sie lohnen. Das ist wohl die einfachste Variante der Erziehung. Folgsamkeit bringt Belohnung, mangelnder Respekt ihrem Mann gegenüber zieht Bestrafung nach sich.

Und Sue wird früher oder später auch wieder angelaufen kommen. Spätestens wenn sie merkt, was ihr ein Bäckersjunge zu bieten hat, nämlich gar nichts, wird sie vor mir knien und mich anflehen, ihr einen Mann ihres Standes zu suchen. Wenn sie dann noch jemand will. Solange niemand erfährt, was heute geschehen ist, stehen die Chancen mit meinem Namen ganz gut.

Aber auch ihr werde ich nichts mehr zugestehen, ohne dass sie es sich erarbeitet hätte. Nichts sollen die beiden mehr empfangen, nicht mal mehr Nahrung, solange ich nicht der Meinung bin, sie hätten es verdient.

Für eine Nacht habe ich das Haus auf jeden Fall mal für mich allein. Die Tür wurde abgeschlossen, so ordnete ich es noch an, bevor ich zu Bett ging. Vor Sonnenaufgang würde Adeline nicht hineinkommen. Den kurzen Rest dieser Nacht würde sie im Freien überleben und hoffentlich ihre Lehren daraus ziehen. Die Ruhe im Haus genieße ich in vollen Zügen. Heute Nacht werde ich von niemandem mehr angeschrien.

08. August

Scarlett Wright

(Gouvernante für Sue Alderten)

Die Ereignisse überschlagen sich und ich komme kaum damit nach, sie aufzunehmen und zu verarbeiten. Charlottes Tod ist nicht mal eine Woche her, seither ist so viel geschehen.

Sue ist weggelaufen. Mit Brandon. Ich kann es ihr nicht verübeln und ahnte es, als sie noch hier war. Vielleicht hätte ich sie aufhalten können, aber ich versuchte es nicht mal. Unter der Fuchtel ihres Vaters würde sie nie glücklich werden, so viel steht fest.

Ebenso sicher weiß ich, dass Sue dieses Chaos, das sie hinterlassen hat, nicht wollte. Ihre Eltern würden sie natürlich suchen, das ahnte sie sicherlich. Aber dass ihre Mutter das Haus auch noch verließ? Ich erfuhr es erst zum Frühstück. Der Streit letzte

Nacht war mal wieder sehr laut gewesen. Was danach geschah, weiß ich nicht. Mit dem Kopf unter dem Kissen hatte ich versucht, etwas Schlaf zu finden. Zum Frühstück hieß es jedenfalls, die Hausherrin habe das Anwesen noch in der Nacht verlassen.

Wo Adeline wohl ist? Hoffentlich geht es ihr gut. Sobald der Herr nach dem Frühstück aus meinem Blickfeld verschwand, machte ich mich auf die Suche nach Adeline. Es war sicher kühl in der Nacht und den frühen Morgenstunden gewesen. Sie würde sich noch den Tod holen.

Das ganze Land suchte ich ab und fand sie nicht. Jedes Schlupfloch, das ich von Sue kannte, durchforstete ich nach einem Anzeichen auf Adelines Verbleib. Nirgends war eine Spur von ihr auszumachen und ich begann zu fürchten, dass es den nächsten Mord in meinem Umfeld gegeben haben könnte.

So wollte ich nicht denken und klammerte mich an die Hoffnung. Da ich wusste, auch eines der Pferde fehlte, war sie vielleicht weiter weg geflohen, als ich angenommen hatte. In der Sorge verschlug es mich in die Stadt und ich klopfte bei Heather.

Sie staunte nicht schlecht. Mit mir hatte sie nicht gerechnet. Inzwischen war ich schon drei Stunden auf der Suche nach Adeline und verzweifelte beinahe. Heather bat mich lächelnd ins Haus, wo meine Suche dann endlich ein Ende fand. Adeline saß am Tisch bei Neele.

Sie sah furchtbar aus. So eine schöne Frau - zerstört durch Gewalt. Die Spuren der letzten Nacht standen deutlicher in ihren Augen als die Verletzungen. Als wäre der Verlust eines Kindes nicht schlimm genug, war William Alderten offenbar ihr gegenüber zu solcher Gewalt fähig, dass auch ich nun glauben konnte, er habe Charlotte getötet.

Ich fragte Adeline, was ich für sie tun könnte, und sie bat mich ganz schüchtern, ihr ein paar Kleider mitzubringen. In zwei Stunden wäre die Beerdigung von Charlotte und bot mir eine Gelegenheit, ihr die Kleider zu übergeben. Vorausgesetzt, ich würde unbemerkt an ihren Schrank kommen. William Alderten bringt mich um, wenn er erfährt, dass ich Adeline unterstütze. Seine Anweisung zum Frühstück war unmissverständlich klar: Sollte Adeline auftauchen, sollte niemand sie ins Haus lassen, sondern ihn rufen.

Ich erzählte ihr davon und erntete ein wütendes Schnauben. „Als würde ich freiwillig zu ihm zurückgehen."

Die Wut in ihrer Stimme galt nicht mir. Sie sprach aus, was gar nicht nötig gewesen wäre.

Nur wie es weitergehen soll, weiß keine von uns Vieren. In kalten Schemen betrachtet stehen wir vor einem Scherbenhaufen.

Fakt eins: Sue ist fort. Und damit auch der Grund meiner Anstellung bei den Aldertens. Ich habe keine Arbeit mehr, kein Einkommen und kaum Aussichten, etwas Neues zu finden.

Fakt zwei: Mit Sue ist auch Adelines Durchhaltevermögen gegangen. Sie wird nicht zurück zu ihrem Mann gehen. Eher würde sie sterben, sie sagte es selbst. Das heißt aber auch, ein großer Teil der Finanzierung unserer Bewegung fällt weg. Wir werden kaum Charlottes Sonderausgabe der Zeitung drucken und damit genügend Einnahmen sammeln können, um eine weitere Ausgabe zu drucken. Von den Recherchen mal ganz zu schweigen. Adelines Artikel sind Gold wert. Dank William hatte sie ja immer Zugang zu allen möglichen politischen Neuerungen. Viel detaillierter als wir anderen. Auch das fällt nun weg.

Fakt drei: Adeline hat kein Dach mehr über dem Kopf. Heather und Neele boten ihr sofort an, dauerhaft bei ihnen einzuziehen. Offiziell gibt es für jeden der beiden ein Schlafzimmer, aber eines davon steht immer leer, das wissen wir. In das könnte Adeline einziehen. Vorerst werde sie das Angebot annehmen, sagte sie. Wenigstens bis sie sich beruhigt hätte und wieder an die Zukunft glauben könnte.

Fakt vier: Auch ich werde bald obdachlos sein. Ohne Arbeit keine Wohnung und ohne Wohnung keine Arbeit. Jeder kennt dieses Problem. Ich brauche dringend neue Arbeit.

Fakt fünf: In unserer kleinen Stadt wird es Adeline nicht leicht haben. William wird sie jagen wie ein Tier. Und wenn er sie kriegt, wird er sie vermutlich umbringen. Schon allein die Schmach, dass sie ihn verlassen hat, fordert in seinem narzisstischen Weltbild den Tod.

So vieles ist zusammengebrochen innerhalb weniger Tage, dass es uns schwerfiel, noch im Ganzen zu denken und nichts zu übersehen oder zu vergessen.

Den Gedanken schien auch Heather zu haben. Plötzlich richtete sie sich auf und schlug mit der Hand auf den Tisch. „Wir werden deinen Mann nicht bestätigen", legte sie fest und meinte natürlich William Alderten.

Sie rief uns in ihrer typischen Art zum Durchhalten auf. Zu Stärke und zu Hoffnung, denn sie hatte die rettende Idee zumindest für einige Probleme:

Charlotte.

In Heathers Tresor liegt eine Ausfertigung von Charlottes Testament. Inklusive Originalunterschrift. Da Charlotte keine Verwandtschaft hat, geht all ihr Besitz an Heather als Vertreterin der Organisation über. Charlotte überlässt ihre irdischen Besitztümer nicht ihrer Freundin, sondern ihrem gemeinsamen Ziel. *Unserem* gemeinsamen Ziel.

Und das heißt: Fürs Erste kommen Adeline und ich in Charlottes Haus unter. Dort haben wir auch sämtliche Einrichtung. Es gibt eine Küche inklusive aller Töpfe und so weiter. Es gibt auch ausreichend Möbel und Platz für zwei Frauen.

Zum Zweiten haben wir beide damit eine Arbeit gefunden. Charlotte hat ihren kleinen Laden über alles geliebt. Es würde uns schwerfallen, ihn zu schließen. Für Heather ist das nichts. Viel zu langweilig, jeden Tag im Geschäft zu stehen und Kunden zu bedienen. Adeline und mir gefällt das allerdings sehr gut. Wir mussten uns nur einen Moment in die Augen sehen und unsere Mundwinkel machten sich selbstständig. Vor meinem geistigen Auge sah ich es schon lebendig werden. *Charlottes small Corner* ... Adeline und ich ... Ja, ich glaube daran, dass diese Idee eine Zukunft hat.

William Alderten hatte das große Herrenhaus für Geschäftliches verlassen. Das war für mich natürlich vorteilhaft und vermutlich eine einmalige Chance. Ohne Gefahr zu laufen, erwischt zu werden, konnte ich Adelines Sachen einpacken und zu Heather bringen. Solange die Polizei Charlottes Haus nicht freigibt, können wir nicht einziehen.

„Hoffentlich lässt er die Stadt stehen", hatte Adeline gelacht, als ich ihr die Tasche brachte. Sie versteckte ernsthafte Sorge in Spott und Schadenfreude. William Alderten wird noch zu spüren kriegen, was geballte Frauenkraft bewirken kann, darauf hatten wir uns geeinigt.

Aber nicht heute, denn der Tag gehört Charlotte.

Die Beerdigung war so beeindruckend, dass ich weiß, Charlotte wäre zu Tränen gerührt. So viele Menschen waren da. So viele Menschen, denen Charlotte am Herzen liegt. Für jeden hatte sie ein offenes Ohr gehabt und hatte jedem ein Lächeln geschenkt. Selbst wenn sie zur Post ging, eine banale und alltägliche Handlung in einer Stadt - Charlotte hatte auf dem Weg und in der Post stets ein Lächeln aufgesetzt. Es war eines dieser Lächeln, die jeden ermutigen, Gleiches zu tun. Das wird nicht nur mir fehlen, dachte ich, als ich mich umsah.

Im Stillen bat ich sie in Sues und Brandons Namen um Vergebung. Die beiden konnten ihr nicht die letzte Ehre erweisen, aber ich weiß, Charlotte hätte das verstanden. Sehr gut sogar. Unter keinen Umständen hätte sie den beiden einen Vorwurf daraus gemacht.

Neben mir saß ein Mann, den ich bis zu diesem Tag nur vom Namen her kannte. Ich erfuhr erst nach der Beisetzung, an wen ich mich angelehnt hatte. Jack O'Neil. Charlotte hatte von ihm erzählt, aber gesehen hatte ich ihn bisher noch nicht.

Jetzt verstehe ich, was Charlotte so an ihm schätzte. Ich war eine Fremde für ihn, doch als der

Pfarrer in seiner Rede von Charlotte sprach, erkannte ich Heathers Worte. Sie hatte die Grabrede geschrieben und umriss eine Person, von der ich überzeugt bin, Gott holte sie zu sich, weil er einen neuen Engel braucht.

Übermannt von den Gefühlen und der Trauer konnte ich nicht im Schweigen innehalten. Mein Weinen wurde immer lauter, ähnlich ging es meinen Freundinnen. Heather und Neele hielten sich aneinander fest und Adeline an Witwe Barlow. Nur ich saß allein, doch blieb es nicht. Ohne ein Wort, nur mit einem traurigen Lächeln, legte Jack O'Neil einen Arm um meine Schulter, zog mich sanft an sich und gab mir das Gefühl, nicht mehr allein zu sein. Ich fühlte mich behütet in dem Augenblick.

Noch wusste ich nicht, wer er war. Erst beim Verlassen des Friedhofs, als ich mich für meine mangelnde Zurückhaltung entschuldigte, stellten wir einander vor.

Charlotte hatte ihn mit einer Rose zwischen Disteln verglichen. Die meisten Männer, die in ihrem Laden einkaufen gewesen waren, hatten ihr Komplimente gemacht und viel Trinkgeld gegeben, um zu zeigen, dass sie genug davon besitzen. Das war gut für Charlottes Kasse, doch sie hatte keinen

Penny davon für sich behalten. Jedes Trinkgeld hatte sie der Zeitung übergeben. So hatten die Männer, von denen wir uns zu befreien versuchen, sogar für unseren Kampf bezahlt, ohne es zu wissen. Ein Witz unter uns Freundinnen, über den wir jederzeit lachen können. Sue hätte es ebenso komisch gefunden, das weiß ich. Adeline hatte allerdings Recht, als sie damals sagte, Sue dürfe nichts von alledem erfahren. William hätte sie umgebracht! Charlotte hatte natürlich auch von Adelines Beteiligung gewusst und ebenso in Einsicht geschwiegen wie ich. Eben weil sie so viele Männer im Laden bediente, wusste sie nur zu genau, wie die meisten Männer über Frauen denken.

Und dann war da der Eine gewesen. Der Eine, der Charlotte anders angesehen hatte. Schmachtend, hatte sie es genannt. Mit Sehnsucht im Blick, nicht mit Lust und Gier. Er war allerdings der Einzige, der ihr keine Komplimente gemacht hatte. Nicht weil er sie unattraktiv fand, sondern weil er zu schüchtern war. Diesen Zug fand Charlotte unglaublich anziehend an ihm. Sie hatten zu diversen Gelegenheiten miteinander gesprochen, über dieses und jenes, doch nie zu privat. Er hatte es nicht geschafft, diesen Schritt zu wagen, und nun war es zu spät. Er tut mir leid dafür, aber ich werde ihm nicht erzählen, was ich von Charlotte weiß. Irgendwann vielleicht, doch noch sind die Wunden zu frisch.

Er lud mich zu einer Tasse Tee ein und wir sprachen lange über Charlotte, unser Leben mit ihr und nun auch ohne sie ... Wir streiften viele Dinge und ich glaube, ich habe heute, neben dem Grab meiner Freundin, einen neuen Freund gefunden. Als hätte Charlotte ihn zu mir gesetzt, um die Lücke zu füllen, die ihr Fehlen hinterlässt. Jack ist ein sehr einfühlsamer Mann und ist auch weiterhin gern gesehener Gast in *Charlottes small Corner*.

Lee Eltringham

(Bürgermeister)

Es ist unerhört!

Ich bin immerhin der Bürgermeister dieser Stadt! Was fällt diesem Tunichtgut von Polizisten eigentlich ein, mich zu überprüfen?! Und dann auch noch in einer Mordsache! Was denkt sich dieser Halunke eigentlich?

Meine Frau sagt, das darf ich mir auf keinen Fall gefallen lassen. Ich muss diesem Lump klarmachen, dass man so nicht mit dem Bürgermeister umgeht!

Meine Frau sagt, ich soll mich offiziell über ihn beschweren und eine Untersuchung veranlassen. Und zwar sofort.

Nicht zu glauben, womit ich mich hier herumärgern muss. Als hätte ich als Bürgermeister nicht sowieso schon alle Hände voll zu tun. Nun erzählt mir meine Schreibkraft … Das muss man sich mal vorstellen. Meine Frau sagt, dieser Hadley übergehe damit meine Autorität. Der fragte meine Schreibkraft nach meinem Alibi. Und das auch noch für die Nacht! Woher soll die denn wissen, was ich nachts mache?

Danach war dieser Hadley sogar bei meiner Frau gewesen. Sie sagt, es sei beschämend gewesen und ich könne nicht zulassen, dass man sie so in Verlegenheit bringt.

Was denkt sich dieser Hadley eigentlich? Wo soll ich denn zwischen Mitternacht und zwei Uhr morgens gewesen sein, wenn nicht im Bett? Ich weiß ja nicht, wo der sich so herumtreibt zu dieser Zeit.

Und überhaupt ... Meine Frau sagt, ich müsse unbedingt herausfinden, wie der überhaupt auf mich kam. Was hatte ich denn mit dieser Charlotte Carpenter zu tun? Morgens kaufte ich die Zeitung bei ihr, mehr nicht.

Na gut, es hatte schon einen anderen Grund als die Zeitung, dass ich in ihren Laden ging. Wenn meine Frau das wüsste ... Charlotte Carpenter war eine bildschöne Frau gewesen. Mit samtener Haut und glänzendem Haar. Mit der Haltung einer Königin und der Tatkraft einer tüchtigen Arbeiterfrau. Nur deshalb hatte ich morgens an ihrem Laden gehalten und die Zeitung selbst gekauft, statt sie von meiner Schreibkraft mitbringen zu lassen.

Als Bürgermeister muss man ja informiert sein, sagt meine Frau. Jeden Tag lese ich jedes Wort der Zeitung und schalte mich in manche Dinge ein. Über den Mord an Charlotte Carpenter hatte ich noch nicht viel gelesen. Sie war am Morgen tot aufgefunden worden, aber die genauen Umstände waren noch unklar. Zwei Verhaftungen hatte es wohl schon gegeben. Ein Bäcker und sein Sohn, aber die waren schon wieder entlastet, hieß es heute Morgen.

Außerdem fand heute die Beisetzung statt und die Zeitung hatte ein Bild von Charlotte abgedruckt. Klammheimlich schob ich den Ausschnitt in die Schublade meines Schreibtischs. Ich brauche nur eine Mappe anzuheben, schon lächelt sie mich wieder an.

Ich frage mich ernsthaft, wer so einen Menschen umbringen kann. Ich hatte nie erlebt, dass Charlotte Carpenter mit irgendwem Streit hatte. Sie war ja nicht mal ernst einem Menschen gegenüber, immer freundlich und immer lächelnd. Vielleicht bin ich deshalb so gern zu ihr gegangen. Es war ein ehrliches und liebevolles Lächeln. Kein Unechtes wie bei meiner Frau. Das sieht allerdings nur, wer sie kennt.

Bei Charlotte Carpenter kann ich mir das nicht vorstellen. Mit jedem Kunden hatte sie ein paar Worte gewechselt, hatte mit ihnen gelacht und war ein Quell guter Laune für jeden gewesen. Seit sie den Laden eröffnet hatte, gab es viele gestresste Männer, die morgens dort hineingingen, nur um entspannt und gut gelaunt zur Arbeit zu gehen.

Feinde kann ich mir für diese Person eigentlich nur in der weiblichen Bevölkerung vorstellen. Kein Wunder, dass so ein Weibsbild Feinde hat, sagt meine Frau. Vielleicht eine verbitterte Ehefrau? Oder eine Frau, die um die Gunst ihres Geliebten fürchtete? Nicht dass Charlotte Carpenter je die höfliche Distanz zu einem Mann durchbrochen hätte ... Die Ladentheke war stets zwischen ihr und dem Kunden gewesen. Und hatte sie um den Tresen herumkommen müssen, um etwas zu zeigen oder was auch immer, hatte sich kein Mann gewagt, sich ihr zu nähern. Mit Komplimenten war sie überhäuft worden, doch die hatte sie mit souveränem Dank angenommen, ohne jemandem weitere Hoffnungen zu machen. Also wie kam es überhaupt dazu, dass ein Polizist nach meinem Alibi fragte?

Charlotte ... Ich hatte sie gefragt, ob sie nicht Lust hätte, als meine Schreibkraft anzufangen. Das wäre deutlich besser bezahlt worden, bot ich ihr an, doch sie lehnte ab. Sie liebe den Laden und die vielen Menschen. Ein Büro sei nichts für sie. Tja, ich hatte es akzeptiert, obwohl ich ihr Lächeln gern den ganzen Tag vor mir gehabt hätte. Was meine Frau dazu gesagt hätte, will ich mir nicht mal vorstellen. Sie hat meine jetzige Schreibkraft ausgesucht. Die macht ihre Arbeit, aber lächeln sah ich sie noch nie. Vermutlich kann sie das gar nicht. Außerdem ist sie mindestens zwanzig Jahre älter als ich und garantiert keine Versuchung. Eine verbitterte, alte Frau, wogegen Charlotte noch strahlender in der Blüte ihres Lebens wirkte.

Ich blickte auf ihr Lächeln in meinem Schubfach hinab und entschied in genau diesem Augenblick, dass ich die Polizei aus freien Stücken und in Einsicht unterstützen werde. Hadley macht seine Arbeit, das weiß ich. Seine Erfolge sprechen für ihn. Er muss auf irgendeinem Wege zu meinem Namen in Verbindung mit Charlotte Carpenter gekommen sein. Diesen Grund wollte ich wissen. Dafür dürfte ich nicht zu weich fragen, sagt meine Frau. Ich müsste deutlich machen, dass ich mit der Vorgehensweise nicht einverstanden bin, dann kann ich auch fordern, zur Wiedergutmachung sozusagen, dass man mich umfassend informiert.

Sie sagt so was immer so leicht. Sie würde aber auch nicht im Gebäude der Polizei stehen und jemanden zusammenstauchen, den sie eigentlich achtet. Na gut, meine Frau achtet sowieso niemanden, aber ich schon. Die Männer der Polizei tun viel für unsere Stadt. Ich sehe eigentlich keinen Grund, überhaupt jemanden anzuschreien. Hadley wird schon einen Grund für seine Fragen gehabt haben. Ich hoffe wenigstens, dass er mich überzeugen kann, weil ich keinen so fähigen Polizisten in unserer Stadt verlieren möchte. Wie auch immer ich meiner Frau das erklären soll ...

Kenneth Hadley

(Inspector)

Ich werde noch wahnsinnig und an diesem Fall zerbrechen! Mein Herz rast. Ich warte nur noch darauf, dass die Schläge auf meinem Rock zu sehen sind und es herausspringt, um all jenen eine Kopfnuss zu verpassen, die mich davon abhalten wollen, meine Arbeit zu tun! Es kann doch nicht sein, dass manche Menschen zu gut sind, um überhaupt verdächtigt zu werden. Auch reiche Männer können Straftaten begehen!

Durchatmen, würde meine Frau jetzt fordern. Nur nicht aufregen, das strapaziert mein Herz.

Also einen Schritt nach dem nächsten:

William Alderten schien mir trotz Alibi immer noch der geeignete Verdächtige. Er hat ein Motiv und nur ein zweifelhaftes Alibi. Außerdem kann mir wohl keiner widersprechen, dass er jähzornig ist. Das gesamte Szenario, das zum Tod von Charlotte Carpenter geführt hatte, passt mit William Alderten in der Rolle des Täters zusammen. Es gibt keine Lücken, es fügt sich wie ein Puzzle perfekt zusammen.

Wäre da nicht sein Alibi ... Das steht aber nun mal im Raum. Ich will den Frauen des Bordells keinesfalls grundsätzlich unterstellen, falsche Alibis zu geben. Es schadet aber auch nicht, mal genauer nachzufragen.

Ich schmunzelte vor mich hin, als ich zum Bordell ging. Constable George hatte ich eigentlich mitnehmen wollen, aber der Junge hatte schnell eine Ausrede gesucht, was er für besser hielt. Ich hatte nichts gesagt und werde auch nichts mehr sagen, aber so, wie er aus dem Bordell zurückgekehrt war, war das ein einschneidendes Erlebnis im Leben des jungen Mannes gewesen. Ich kenne die Frauen dort. Auf den Mund gefallen ist von denen keine. Sie sind sehr direkt und verstehen es, einen Mann an den empfindlichsten Stellen zu treffen. Das müssen sie in diesem Handwerk wohl auch. Und dann kam da ein unerfahrener junger Mann, noch ein halbes Kind ... Ich hätte es zu gern mit angesehen.

Die Selbstsicherheit im Umgang mit den Frauen wird auch bei George mit den Jahren noch kommen, deshalb habe ich nicht vor, ihm die fadenscheinige Ausrede vorzuhalten. Ich ging eben allein zum Bordell, um noch einmal mit Sarah zu sprechen.

Die Begrüßung fällt für mich im Bordell auch nicht sonderlich freundlich aus. Ich trage zwar keine Uniform mehr, aber die Frauen kennen mich. Früher oder später lässt es sich nicht vermeiden, mit diesem Gewerbe anzuecken, wenn man als Polizist arbeitet.

Im Gegensatz zu dem jungen Constable hatte ich ihren Respekt aber sicher. Nicht den ergebenen Respekt, sondern den Respekt einem Mann gegenüber, den sie nicht einzulullen versuchen. Keine von ihnen näherte sich mir auf unangebrachte Weise. Es gab nicht mal spitze Bemerkungen oder Anzüglichkeiten. Sie wahrten den höflichen Abstand.

Sarah sagte mir jedenfalls gleich zu Beginn, sie könne sich nicht erinnern, wer wann bei ihr war. Inzwischen sind schon einige Tage vergangen und ich will gar nicht wissen, wie viele Männer Sarah in der Zwischenzeit bei sich hatte.

Die Betreiberin dieses nicht gerade edlen Etablissements wusste es aber ganz sicher, denn niemand geht hier ein oder aus, ohne dass sie es nicht wüsste. Das Buch sah ich mir genauer an. Sie zögerte zwar, weil hier vermutlich Namen auftauchen, die ich besser nicht mit dem Gewerbe in

Verbindung bringen sollte. Schließlich gab sie sich aber geschlagen. Ich versicherte ihr, mich würden die anderen nicht interessieren. Mein Ziel war ja nicht, das Bordell zu schließen und sämtliche Kunden in Verlegenheit zu bringen. Dann wäre es vermutlich so weit, dass mein Chef wirklich vor Zorn platzen würde.

Das war nicht meine Absicht, ich wollte nur sehen, ob der Eintrag eventuell geändert wurde. Dem war aber nicht so. Er gliederte sich in der chronologischen Reihenfolge ein, es war nichts überschrieben, durchgestrichen oder sonst wie manipuliert worden. Wenn sich also niemand die Mühe gemacht hatte, das gesamte Buch von Beginn an abzuschreiben, um so die durchlaufenden Einträge zu schaffen, dann war William Alderten tatsächlich hier gewesen. Und das heißt, er konnte unmöglich der Mörder von Charlotte Carpenter sein.

Ich ging dennoch nicht mit leeren Händen aus dem Bordell. Sarah kämpfte zwar mit sich, aber unterm Strich weiß ich, diese Frauen sind nicht von Grund auf schlechte Menschen. Sarah glaubte, in dem Moment eine wichtige Information weitergeben zu müssen.

Sie fragte noch mal unsicher, ob es um den

Mordfall Charlotte Carpenter ginge. Als ich das bestätigte, erzählte sie mir eine Geschichte, die mich um Kopf und Kragen bringen wird.

Bürgermeister Eltringham gehört zu ihren Stammgästen. Das allein hätte ich gar nicht wissen wollen. Aber dass er sie auch noch jedes Mal *Charlotte* nennt, wirft ein Licht auf den Mann, das ich näher betrachten muss, aber eigentlich nicht will. William Alderten hatte mir ja schon eine Rüge eingebracht, was sollte das dann mit dem Bürgermeister werden? Wie sollte ich dem denn unauffällig solch heikle Fragen stellen?

Ich fragte Sarah und die anderen Anwesenden noch, ob sie die Tote gekannt hatten. Eigentlich war es eine rhetorische Frage, die ich jedem stelle, der mir in diesem Fall unterkommt. Umso mehr mir über Charlotte Carpenter berichtet wird, desto eher habe ich die Chance, genau den Einen zu finden, der etwas gegen sie hatte. Von der Sorte gibt es bisher nicht viele.

Zu meiner Überraschung kannte eine der Frauen sie sogar. Ihrer Aussage nach sollte ich eine lange Liste anfangen mit allen Männern, denen Charlotte schöne Augen gemacht hatte. Ein Luder, so nannte sie die Tote.

Das wollte ich genauer wissen und erfuhr, dass es Charlotte Carpenter weiß Gott nicht an Verehrern gemangelt hatte. Sie hatte jeden abgewiesen und war ledig geblieben. Es war nicht so, dass keiner sie haben wollte, sondern dass sie die Männer ablehnte. Warum, wusste im Bordell niemand, aber ich wollte es wissen.

Zuvor schaute ich im Rathaus vorbei und fragte unschuldig die Schreibkraft des Bürgermeisters nach dem Alibi von Lee Eltringham und danach auch noch dessen Frau. Letzteres hätte ich nicht tun sollen. Keine Stunde später stand der Bürgermeister in meinem Büro und schrie die Wut aus seinem hochroten Kopf.

Zum Glück hatte ich das befürchtet und meine Strategie geplant: Ich sagte, nach den Skandalen der Großstädte in Bezug auf die Vertuschung durch die Justiz, sei es doch im Interesse der Stadt und seines Amtes, wenn ich jedem noch so kleinen Hinweis nachgehe. Ich hatte ihn doch extra nicht selbst gefragt, damit es nicht als offizielle Befragung ausgelegt werden konnte. Er ist doch ein Vorzeigebürgermeister, wenn er nicht zulässt, dass die Polizeiarbeit vor der Oberschicht endet.

Das zog besser, als ich selbst gedacht hatte. Von einem Moment zum nächsten war er ruhiger und gab mir insofern Recht, dass sich unsere Stadt einen solchen Skandal nicht leisten könne. Er versicherte mir auch, er habe mit dem Mord nichts zu tun. Und wenn ich weitere Fragen hätte, dann solle ich sie direkt stellen.

Und ja, eine hatte ich noch: Kannte er Charlotte Carpenter?

Die Antwort kannte ich bereits, aber das wusste er ja nicht. William Alderten war mir in diese Falle getappt, als es um sein Alibi ging. Lee Eltringham nicht. Er gab sofort zu, jeden Tag die Zeitung in *Charlottes small Corner* gekauft zu haben.

„Warum gerade dort?", hatte ich wissen wollen und er ohne Umschweife geantwortet, dass ihr Lächeln ihm zum Morgen guttat. Es sorgte für einen guten Start in einen neuen Tag, weil es ein ehrliches und freundliches Lächeln war, das sie jedem geschenkt hatte.

Es ist natürlich kein Beweis, aber ich zweifle nicht an der Aufrichtigkeit dieses Mannes. Nicht weil er der Bürgermeister unserer Stadt ist, sondern weil er in völlig gelassenem Ton erzählte, was ich wissen musste. Er log mich nicht an, dass er sie gar nicht gekannt hätte oder nur die Zeitung bei ihr gekauft hätte oder andere Ausreden. Er gab zu, ihr Lächeln gemocht zu haben. So offen ist nicht jeder, den ich befrage, und ich kann guten Gewissens sagen: Die Krise mit dem Bürgermeister habe ich abgewandt.

Er war wieder einer, der mir gesagt hatte, Charlotte Carpenter habe jeden angelächelt. Vielleicht stimmte wirklich, dass sie den Männern die Köpfe verdreht hatte? Das konnte mir eigentlich nur eine Person beantworten: Heather Wilkinson.

Die hatte sich inzwischen soweit gefangen, dass ich tatsächlich ein ordentliches Gespräch mit ihr führen konnte. Ich kenne sie. Eigentlich ist sie nicht die Sorte Frau, die ständig in Tränen ausbricht. Der so unverhoffte Tod einer offenbar sehr engen Freundin hatte ihr arg zugesetzt.

Heather Wilkinson ist für mich eine unersetzliche Informationsquelle. Normalerweise tangieren sich unsere Leben nur, wenn sie mit ihrer Zeitung und ihren Protesten mal wieder über die Stränge schlägt. Ausnahmsweise ist sie für mich aber eine überaus wichtige Zeugin aus dem Leben der Getöteten.

Ich fragte vorsichtig nach den angeblichen

Verehrern. Um das nächste Fettnäpfchen machte ich lieber einen großen Bogen und fragte nicht zu direkt nach eventuellen Affären oder eifersüchtigen Ehefrauen. Bei Heather Wilkinson kann man aber eigentlich nur ins Fettnäpfchen treten, wenn man sie aufgrund ihres Geschlechts zu unterdrücken versucht. Oder eine andere Frau. Dann geht sie instinktiv in Abwehrstellung und kocht jeden hartgesottenen Mann weich.

Die Frage nach den Verehrern nahm sie mir nicht übel. Ich hätte meine Frage mit ordinärsten Ausdrücken spicken können, auch das hätte Heather Wilkinson nicht veranlasst, mir die Ausführung meiner Arbeit übelzunehmen. Eher hätte sie mich zur Verantwortung gezogen, wenn ich meine Arbeit nicht machen würde. Dafür lege ich mich sogar mit William Alderten an.

Charlotte Carpenter hatte auf den Richtigen gewartet, erzählte Heather Wilkinson. Aus irgendwelchen Gründen war es dazu gekommen, dass ich zwischen Heather Wilkinson, Neele Blackford, Scarlett Wright und Adeline Alderten saß. Ein Pulverfass der Weiblichkeit! Und ich mittendrin.

Scarlett Wright erzählte jedenfalls von ihrem

Glauben an nur eine einzige Liebe im Leben eines Menschen. Charlotte Carpenter war dem gleichen Glauben gefolgt und hatte die Verehrer auf Abstand gehalten, da keiner von ihnen der Richtige für sie war. Sie hatte an die Liebesehe geglaubt und wollte nicht heiraten, nur um gesellschaftlich aufzusteigen oder finanziell abgesichert zu sein. Deshalb hatte sie ja auch den Laden aufgebaut und gut davon gelebt.

Es scheint also zu stimmen, dass die Tote einige Männer vor den Kopf gestoßen hatte. Duncan Nightham hatte ja auch schon so geredet. Das gibt natürlich eine ganz neue Richtung von Motiv. William Alderten oder auch Lee Eltringham dürften kein Interesse daran gehabt haben, Charlotte Carpenter zu ehelichen, immerhin sind die beiden bereits verheiratet. Ebenso Duncan Nightham. Bei dessen Sohn sieht das anders aus, aber der hatte mit Susanne Edith Alderten seine Wahl bereits getroffen.

Das Verschwinden des jungen Paares ist an sich ja auch schon ein Indiz. Ergriffen sie die Flucht aus Angst vor den Folgen ihrer Schuld? Sergeant Ed brachte die Überlegung ins Spiel. Es ist keinesfalls undenkbar – in meinen Augen jedoch eher unwahrscheinlich. Das Opfer des Mordes hatte die beiden Verliebten unterstützt, wo sie nur konnte. Auch gegen den Willen der beiden Väter. Es fehlt Brandon Nightham an einem greifbaren Motiv. Deshalb hatte ich ihn ja wieder freigelassen.

Das heißt jedoch noch lange nicht, dass er nicht ein Motiv hat, von dem ich noch nichts weiß. Mein Bauchgefühl weigert sich allerdings immer noch, diesen Jungen als Mörder zu sehen.

Bei der jungen Alderten scheitert es meiner Einschätzung nach neben dem Motiv am Kraftaufwand. Sie ist ein zierliches Mädchen, aber sie könnte Unterstützung gehabt haben. Von Brandon Nightham oder einem anderen kräftigen Mann. Wer weiß es schon? Sollten die beiden doch wieder ins Zentrum des Verdachts rücken, werde ich die Kollegen darauf ansetzen, die Spur der beiden zu verfolgen. Im Moment sehe ich noch keine Veranlassung dafür und lasse sie nur zu gern fernab ihrer Väter ihr Glück suchen.

Mir gehen die Verdächtigen schon wieder aus. Ich komme dem Täter keinen Schritt näher, es ist unglaublich. So viele Informationen habe ich schon gesammelt und gefiltert, doch nichts kam dabei heraus.

„Es ist gut, dass sie hier sind", sagte Adeline Alderten noch zum Abschluss zu mir. Sie trug ein blaues Auge und eine aufgeplatzte Lippe in ihrem schönen Gesicht. Ich hatte sie gefragt, ob ich ihr helfen könne, doch sie hatte abgelehnt. Das sei nicht weiter wichtig. Was soll ich tun? Wenn sie niemanden beschuldigen will, dann kann ich auch niemanden verhaften, obwohl ich mir natürlich denken kann, wer das war. Aber dahingehend sind mir die Hände gebunden.

Sie überreichte mir eine dicke Mappe. „Öffnen sie sie allein", forderte sie ernst. Und ich sollte mit dem Bearbeiten des Inhalts bis zum nächsten Tag warten. Warum, das sagte sie nicht, aber Heather Wilkinson deutete an, es würde in der Zeitung stehen. Bis dahin sollte ich die Namen derer kennen, die vermutlich die Flucht in Betracht ziehen.

Damit hatten mich die Damen verdammt neugierig gemacht.

Außerdem ergoss sich schon in der gleichen Minute ein Schauer der Ehre über mir. Heather Wilkinson ist weit und breit die bekannteste Verfechterin der Theorie, dass Frauen genauso gute Männer sein können. Auf argumentative Debatten sollte man sich mit ihr nicht einlassen. Ich habe schon den ein oder anderen meiner Kollegen – alles Männer – gesehen, der von Heather Wilkinson in Grund und Boden argumentiert wurde. Sie schafft es immer wieder, dass man einfach keine Gegenargumente mehr vorweisen kann.

Ob sie Männern gegenüber generell feindselig eingestellt ist, kann ich nicht beurteilen. Mir gegenüber verhält sie sich immer respektvoll. Aber nicht, weil ich ein Mann bin, sondern weil ich ihr Gleiches entgegenbringe. Seit mein Vorgesetzter weiß, dass ich mit ihr reden kann, ohne in Tränen auszubrechen, gebührt mir immer die ehrenvolle Aufgabe, sie mal wieder ans Gesetz zu erinnern, wenn ihre Proteste zu weit gehen.

Ihren Respekt habe ich, das wusste ich. Aber dass ich auch ihr Vertrauen genieße, wusste ich bis heute nicht. Ich empfinde es tatsächlich als große Ehre, dass sie mir diese Mappe überreichte. Hätte ich morgen die Zeitung aufgeschlagen, hätte ich die meisten Informationen auch dort gefunden, aber sie gibt mir die Möglichkeit, den Betroffenen nicht nur im Ansehen zu schaden, sondern auch im Sinne der Justiz. Sie vertraut mir ihren größten Schlag in ihrem Kampf an. Das ehrt mich, so sehr mich andere

Männer dafür verachten mögen.

Ich verschanzte mich allein in meinem Büro. Sergeant Ed und die beiden Constables schickte ich los, noch mal die Nachbarschaft von Charlotte Carpenter zu befragen. Sie sollten vor allem die Namen derer sammeln, die eventuell von ihr abgewiesen wurden. Sprich, alle Männer, die regelmäßig im Laden gewesen waren. Damit wären sie eine Weile beschäftigt.

Und ich öffnete mit zitternden Händen die dicke Mappe. Es wird ein Skandal, so viel steht fest. Ich wusste es, noch bevor ich die Papiere durchlas. Als würde eine schwarze Wolke wie ein Omen über mir schweben. Irgendetwas ist in dem Umschlag, das unsere Stadt aufwühlen wird. Ob ich dafür wirklich bereit bin?

Witwe Barlow

(Kämpferin für die Rechte der Frauen)

Morgen dürfte ein wichtiger Tag in unserem Kampf für die Gerechtigkeit werden. Nachdem wir eine gute Freundin und Verbündete der Erde hatten übergeben müssen, nutzten wir den Tag, Charlotte ein Denkmal zu setzen. Und zwar auf die Weise, auf die auch sie mit uns gekämpft hat: durch die Zeitung. Die Druckerpresse dazu steht in meinem Keller und wir verbringen jedes Mal etliche Zeit dort, ehe wir genügend Exemplare beisammen haben.

Die morgige Ausgabe der Zeitung beinhaltet nicht nur Charlottes Nachruf, sondern auch einen Schlag gegen die Herrschaft der Männlichkeit, der sich hoffentlich über die Grenzen unserer eigenen Stadt hinweg ausbreiten wird.

Adeline Alderten ist in meinen Augen eine verdammt starke Frau. Nachdem sie ihre Tochter mehr oder weniger freiwillig hatte gehen lassen, packte sie der Ehrgeiz. William Alderten gehört zu der Sorte Mann, die ich verabscheue. Arrogant und erhaben über jede Frau. Genau dagegen kämpfen wir seit Langem an.

Adeline hatte zum Wohl ihrer Tochter bisher geschwiegen, was die Machenschaften ihres Mannes anging. Das kann nicht nur ich nachvollziehen, auch Heather, Neele und Charlotte haben ihr daraus nie einen Vorwurf gemacht. Scarlett erst recht nicht, denn sie kennt Sue ja noch besser als wir anderen.

Aber Sue ist fort und William hat nicht mal eine Ahnung von der Gefahr, in der er schwebt. Hätte er an dem emotionalen Tiefpunkt, als ihre Tochter weggelaufen war, endlich Einsicht gezeigt und sich auf liebevolle Weise um seine Frau gekümmert, wäre es nicht so weit gekommen, dass wir im Schnellverfahren eine Zeitung zusammenbastelten.

William ist sich nicht mal bewusst, dass er falsch handelt, das ärgert mich so an ihm. Er glaubt sich im Recht, dabei handelt er permanent gegen alles, was rechtschaffen ist. *Züchtigung* nennt er die Misshandlung seiner Frau. Jahrelang war sie ihm eine treue Ehefrau, kümmerte sich um Haus und Hof und sein Wohlergehen. Sie hatte sich in ihr Schicksal der Ehefrau gefügt. Nicht zuletzt wegen Sue. Nun hat William seine Tochter vertrieben und wird endlich lernen, was es heißt, eine Frau zu ehren.

Nicht nur der Frau ist die Pflicht auferlegt, ihren Mann zu ehren, auch andersherum kann eine Frau diese Ehre von ihrem Mann erwarten.

Für die Recherchen der Artikel hatte Adeline jede Gelegenheit genutzt, wenn William außer Haus war. Sie kannte seine gesamten Unterlagen und auch seine Geschäfte. Mehr als ihm lieb ist, nehme ich an.

Wir hatten all die Informationen gesammelt, ausgewertet und für Inspector Hadley zusammengestellt. Heather ist überzeugt davon, dass wir ihm trauen können. Er würde niemanden vorwarnen, sagte sie. Ich hoffe, sie behält Recht. Einen Verbündeten in den Reihen der Polizei können wir in diesem Falle gut gebrauchen.

Das eigentliche Thema der Ausgabe sollte aber Charlotte sein und bleibt es auch. Neele und ich haben ein Porträt über Charlotte geschrieben, das mit Heathers blumigen Worten des Abschieds abschließt. Wir hatten viele Menschen, die Charlotte gekannt haben, um eigene Worte gebeten. Mich wunderte nicht, dass sie von vielen als liebevoll und immer freundlich und höflich beschrieben wurde. Einem Mädchen aus dem Nachbarhaus hatte sie das Lesen beigebracht. Die Kleine hatte ein Bild zu uns gebracht und gefragt, ob wir es für Charlotte nicht in die Zeitung bringen könnten.

Natürlich können wir, denn unsere Zeitung soll sich nicht nur mit den nackten Fakten der Frauenrechte beschäftigen, sondern auch mit Einzelschicksalen. Wir wollten nie eine anwaltliche Fachzeitschrift herausbringen, sondern eine Information für alle, aufgezeigt am Einzelnen. Nahe an den Menschen, die es betrifft.

Eines dieser Einzelschicksale bin leider ich. Dass ich frei durchs Leben gehe, habe ich Heather zu verdanken. Mein Ehemann war vom gleichen Schlag wie William Alderten. Er sah es als sein Recht des Ehemannes, mich nach Lust und Laune zu verprügeln. Ich entkam dem nicht.

Eines Tages war es so schlimm gewesen, dass ich mir sicher war, er würde mich jeden Moment umbringen. Da hatte ich selbst zu einem Messer gegriffen und mich gewehrt. Nur ein einziges Mal! Das erste und letzte Mal hatte ich den Mut gefunden, mich gegen die Schläge zu wehren. Nur einen einzigen Stich hatte ich gebraucht, um meinen Mann zu töten.

Es war so schnell gegangen, dass ich mich noch immer nicht richtig daran erinnern kann, wie ich den

Hieb ausgeführt habe. Noch heute sehe ich in dem schnellen Ende meines Leids die Gewissheit, dass es Gottes Wille war, mich zu erlösen. Es hat einen Grund, warum der erste Stich so gut platziert war. Gezielt hatte ich gar nicht, war auch nicht in den Angriff übergegangen. Ich hatte nur dagestanden und bei seinem Angriff dagegengehalten.

Seither bin ich Witwe und erlebte damals eine neue Freiheit. Selbst im Gefängnis, denn ich wurde als Mörderin verhaftet und verurteilt. Den Rest meines Lebens sollte ich in einer Zelle verbringen, hatte das Gericht entschieden, während an meinem Körper noch immer die Spuren jahrelanger Schändung zu sehen waren.

An die Tat selbst hab ich bis heute, Jahre später, kaum Erinnerungen, nur Schatten in meinem Geist. An meinen ersten Tag in der kleinen Zelle kann ich mich dafür umso genauer erinnern. Eine Strafe sollte es sein, dabei war es für mich die langersehnte Befreiung. So gut wie in jener Nacht hatte ich seit meiner Hochzeit nicht mehr geschlafen. Um mich herum war es still gewesen, ich hatte sorglos lächelnd die Augen geschlossen und war beinahe auf der Stelle eingeschlafen.

Das heißt aber nicht, dass ich mich dorthin

zurückwünsche. Heather hatte mir die absolute Freiheit geschenkt und dafür stehe ich auf ewig in ihrer Schuld.

Es war einige Tage nach dem Urteil gewesen, da war sie wie ein Wirbelsturm in meine Zelle gefahren! Noch bevor ich begriff, wer da überhaupt zu mir kam, hatte sie mir schon alles Mögliche erzählt, das ich unmöglich aufnehmen konnte. Sie war gerade Zwanzig geworden und redete so schnell, dass ich gelähmt durch die Verwirrung nicht mal verstand, was sie zu sagen hatte.

Das gab sich schnell. Sie hatte von meinem Fall gehört und konnte solch Ungerechtigkeit nicht geschehen lassen. Hinter ihr war noch ein Mann hergelaufen, der sich mir als mein neuer Anwalt vorstellte. Wovon ich den bezahlen sollte, hatte ich gefragt und wurde erneut von Heather Temperament überhäuft. Sie hatte ihm bereits die Summe bezahlt, die sein musste, dabei arbeitete er auch ohne Lohn, nur der Gerechtigkeit wegen.

Heute weiß ich, dieser Mann ist Neeles Bruder. Heather hatte Neele über ihn kennengelernt, nachdem er mir geholfen hatte.

Wie auch immer, Heather hatte die Aussetzung

des Urteils bewirkt und in dem neuen Verfahren, mit Neeles Bruder an meiner Seite, wurde ich von allen Vorwürfen freigesprochen. Ich bin eine nach dem Gesetz unschuldige und freie Frau. Vor Gott werde ich mich wegen des Mordes rechtfertigen müssen, aber ich glaube ganz fest daran, dass Gott mir damals das Messer in die Hand legte, um mich von einem brutalen Tyrannen zu befreien.

Neeles Bruder hat sich spezialisiert auf die Durchsetzung von Frauenrechten. Meist arbeitet er in London, aber wenn wir ihn brauchen, dann ist er stets zur Stelle.

Das Temperament hat Heather noch heute, so viele Jahre später. Seither ist viel geschehen, wir haben viel zusammen erlebt, sie ist mit Neele zusammengezogen und wir kämpfen noch immer den gleichen Kampf. Heathers Mutter hat mal gesagt, als Heather geboren wurde, sei ein Blitz in sie geschlagen, der ihr die Energie verleiht, mit der sie nicht nur allgemein für alle Frauen kämpft, sondern jedem Kraft spendet, der eine Stütze braucht. Ebenso wie Charlotte mit ihrer Liebenswürdigkeit ist Heather eine Bereicherung für die Welt. Wobei mir die meisten Männer in diesem Punkt ganz sicher widersprechen werden.

Neeles Bruder haben wir per Brief schon über unser Vorhaben in der Gegenwart informiert. Wenn nötig, wird er sich also auf den Weg zu uns machen. Neele hatte überdeutlich dazugeschrieben, wir wollten es allein schaffen, selbst wenn man uns verhaften sollte. Theoretisch könnten Adeline und ich selbst Anwälte sein, nachdem wir jahrelang über Williams Unterlagen dazugelernt haben, nur haben wir keinen entsprechenden Abschluss. Dennoch werden wir uns vertreten und hoffentlich ein weiteres Mal den Kampf ohne männliche Unterstützung gewinnen, wenn es so kommen sollte. Dabei bitten wir Neeles Bruder ja nicht um Hilfe, weil er ein Mann ist, sondern weil er unsere Sache unterstützt und uns immer ein Freund ist.

Ich bin schon sehr gespannt, wie der morgige Tag verlaufen wird. Turbulent auf jeden Fall.

Byron McLoad

(Anwalt)

Würde man meine Familie eigentlich nie in Ruhe lassen? Es ist ungeheuerlich, was sich manche Menschen herausnehmen.

Welches von beiden das kleinere Übel ist, wage ich noch nicht zu sagen. Das kommt ganz auf die Folgen beider Peinlichkeiten an. Wer weiß wovon? Das ist im Moment die wichtigste aller Fragen.

Heute Morgen brachte ich Finnegan zur Eisenbahn. Er fuhr zurück nach Hause. Ohne Susanne Edith Alderten, denn die hat sich schon gestern aus dem Staub gemacht. Mit dem Sohn eines Bäckers. Der Skandal für William wird verheerend sein. Ich bin mir noch nicht so sicher, ob ich mich heraushalten werde. Natürlich könnte ich in seinem Interesse schweigen. Das würde das Schlimmste vermutlich verhindern. Allerdings geht es hier auch um den Ruf meiner Familie, meines Namens, meines Neffen! Andererseits kann ich nicht leugnen, dass ich mit William oft zusammenarbeite. Auch von ihm und mit ihm verdiene ich gutes Geld. Im Moment habe ich noch keine endgültige Entscheidung getroffen.

Das ändert jedoch nichts daran, dass ich maßlos erzürnt bin über die Schmach. Finnegan wahrte augenscheinlich die Haltung und nahm es äußerlich gelassen. Mit William bin ich diesbezüglich aber noch nicht fertig. Es wird ihn einiges kosten, wenn die Liebelei seiner Tochter mit dem Bäcker nicht bekannt werden soll.

Dies ist das erste Problem, das zu klären ich imstande bin, behaupte ich. Beim zweiten Skandal wird es schon schwieriger, den unter den Teppich zu kehren, denn zu viele Menschen sahen mit ihren eigenen Augen den Polizisten in mein Büro kommen. Außerdem kann man den Männern der Polizei vieles nachsagen. Verschwiegenheit gehört nicht dazu und es würde mich nicht wundern, wenn es morgen in der Zeitung steht. Dahinter könnte auch ein weitaus größerer Plan stecken.

Vor einigen Jahren war dem Ansehen meiner Familie ein herber Schlag versetzt worden. Der Skandal in der Cleveland-Street in London war mit der Familie McLoad in Verbindung gebracht worden. Mein Cousin war vor seiner Ergreifung aufs Festland geflohen und seither auch nicht mehr in

England gesehen worden. Er hatte sich mit vielen anderen der Blamage entzogen.

Die meisten Beschuldigten hatten rein gar nichts mit dem Bordell der Männer und Jungen zu tun gehabt. Die käuflichen Männer sahen im Interesse der Zeitungen nur eine Chance, die Oberschicht in schlechtes Licht zu rücken oder zu erpressen. Völlig wahllos waren Namen genannt und Männer ruiniert worden. Unter anderem mein Cousin, der einem der Jungen eine Anstellung verweigert hatte. Eben jener Junge war es auch, der ihn beschuldigt hatte. Welch Zufall ...

Jedenfalls scheint meine Familie auf irgendeiner Abschussliste zu stehen. Irgendein Politiker vermutlich, dem die McLoads zu viel Einfluss haben. Mein Vater ist Richter in London, mein Bruder Offizier, ich bin ein hochangesehener Anwalt und so weiter. Wir sind auf jeder Gesellschaft gern gesehene Gäste. Macht bringt immer Neider mit sich, dessen bin ich mir bewusst. Aber dass man dafür so weit geht, den Ruf und das Ansehen eines Mannes und damit der gesamten Familie auf solch schändliche Weise in den Schmutz zu ziehen, werde ich mir nicht gefallen lassen.

Ich werde Kenneth Hadley und all seine Kollegen,

die an diesem Fall mitarbeiten, hinter Schloss und Riegel bringen!

Angeblich ... Wer weiß schon, ob es wirklich stimmt ... Angeblich hatte ein Nachbar beobachtet, wie ich mich Charlotte Carpenter zu nähern versucht hatte. So ein Unfug, was soll ich denn mit so einem Freudenmädchen?

Jedenfalls hat Hadley offenbar nichts Besseres zu tun, als seinen Sergeanten in mein Büro zu schicken und mich befragen zu lassen. Das muss man sich mal vorstellen!

Na ja, vermutlich weiß er es nicht besser. Meinen Informationen zufolge stammt Hadley aus einem kleinen Dorf im äußersten Nordwesten des Landes. Ein Landei, das vermutlich das Leben einer zivilisierten Stadt noch nicht kennt. Und so was lassen die Polizist in unserer Stadt sein. Traurig ... Einfach traurig.

Es bleibt mir nichts anderes übrig, als mich näher mit diesem Kerl zu beschäftigen. Ich muss wissen, für wen er arbeitet. Ich muss herausfinden, wer mich in Misskredit bringen will. Einen Feind kann ich nur bekämpfen, wenn ich ihn kenne. Hadley ist nicht der, um den ich mir Sorgen machen muss. Sein

Auftraggeber bereitet mir Kopfzerbrechen.

Irgendwer hat es auf mich abgesehen und ich habe nicht die leiseste Ahnung, wer das sein könnte. Bürgermeister Eltringham hätte vermutlich den Einfluss, Hadley auf mich anzusetzen. Aber mit Eltringham bin ich zu einer Übereinkunft gekommen, könnte man sagen. Er weiß, dass sein Amt nicht mein Bestreben ist, dafür schickt er mir Mandanten, so oft er nur kann, und empfiehlt mich all seinen Freunden. Nicht wenig Geld habe ich durch ihn bereits verdient.

Ob die Nennung meines Namens etwas mit dem Skandal in London zu tun hat? Eine landesweite Verschwörung? Weswegen? Wem kommen die Männer meiner Familie so gefährlich nahe, dass er um seine Stellung fürchten muss?

Ich werde es herausfinden!

Zuvor muss ich irgendwie an die Information kommen, wer mich an Hadley gemeldet hat. Vielleicht bringt mich das der Wurzel allen Übels ein Stück näher.

Wie dem auch sei, Hadley habe ich sehr gut abgewürgt. Alles, was der braucht, sind Verdächtige, wie mir scheint. Das erklärt auch, weshalb bisher noch niemand nach mir verlangte. Wer beauftragt schon einen Anwalt, solange er noch nicht als Verdächtiger gilt?

Daran mangelt es Hadley und er sucht krampfhaft nach jemandem, dem er den Mord anhängen könnte. Das ist doch Beweis genug, dass er in einer Stadt nichts zu suchen hat, weil er gar keine Ahnung hat, wie das Leben hier läuft. Einfach in mein Büro zu kommen und mich einer Straftat beschuldigen ... Unbegreiflich.

Da Hadley ja so dringend einen Verdächtigen braucht, präsentierte ich ihm einen: den Wurm unter meinem Schuh! Es war der Abend von Charlotte Carpenters Tod gewesen, als ich Jack hinüber in den Laden geschickt hatte, mir eine Zeitung zu besorgen. Wer weiß schon, was vorgefallen war? Vielleicht hatten sie sich gestritten und Jack war später zurückgekehrt? Und wie genau kann man den Todeszeitpunkt schon bestimmen? Ein oder zwei Stunden früher oder später ... Das fällt doch nicht ins Gewicht.

Wenn ich also die Polizei unterstützen kann, indem ich eine eventuell entscheidende Information weitergebe, dann tue ich das natürlich. Jack O'Neil ist bestimmt keine Lüge wert.

Edward (Ed)

(Sergeant)

Irgendetwas stimmt nicht!

Ich weiß genau, irgendetwas Entscheidendes übersehen wir gerade.

Hadley hatte uns aufgetragen, mithilfe der Nachbarschaft eine Liste derer zu erstellen, die an Charlotte Carpenter interessiert gewesen waren. Die Liste war lang. Sehr lang. Viel länger als wir je gedacht hatten. Wenn man für jeden Mann, der Stammgast in ihrem Laden gewesen war, auf einer Stadtkarte eine Nadel an dessen Wohnanschrift stecken würde, würde die gesamte Stadt nur noch aus Nadeln bestehen. Aus jedem Viertel, aus jeder Straße, aus jeder gesellschaftlichen Schicht, jedem Berufszweig … Es scheint niemanden zu geben, der dieser Dame nicht erlegen war.

Im Laufe der ganzen Ermittlung habe ich mich schon mehrfach gefragt, wie sie als Mensch gewesen war. Ich war ihr nie persönlich begegnet und fange langsam an, die ungenutzte Chance zu bereuen. Ich hätte sie gern leibhaftig vor mir gesehen. Lebendig mit dem allseits angepriesenen Lächeln.

Ob sie auch abseits des Äußerlichen so perfekt war, weiß ich nicht. Ihren Kunden gegenüber hatte sie sich anscheinend immer so gezeigt. Auch ihre Freundinnen sprachen in den höchsten Tönen von ihr. Und wenn sogar der Bürgermeister ihrem Charme erlegen war, dann … Ja … Dann muss ich gestehen, ich hätte sie gern kennengelernt.

Leider ist diese Möglichkeit vorübergezogen, ohne mir je eine zweite Chance zu geben. Schade eigentlich. Ich scheine einen Engel auf Erden verpasst zu haben.

Ähnlich wie Hadley hilft es auch mir, wenn ich das Opfer eines Mordes kennenlerne. Durch die Erzählungen, durch persönliche Tagebücher oder auch nur durch die Einrichtung ihrer Häuser und Wohnungen … Alles kann einen kleinen Hinweis geben, der zusammen mit anderen Hinweisen in meinem Kopf ein Gesamtbild ergibt.

Bei Charlotte Carpenter ist mir wichtiger als sonst, den Täter zu verhaften. Mein Ziel ist es bei jedem Verbrechen, aber ich kann mich auch damit abfinden, dass wir nicht jeden schnappen können. In fünfzig Jahren gibt es vielleicht ganz andere

Möglichkeiten, jemandem ein Verbrechen nachzuweisen, aber im Moment sind uns in vielen Dingen die Hände gebunden. Und ehe neue Methoden vor Gericht Bestand haben, dauert es noch einmal einige Jahre.

Ich habe zum Beispiel gelesen, dass es jemandem irgendwo auf der Welt gelungen ist, die Einzigartigkeit unserer Fingerkuppen nachzuweisen. Die Abdrücke, die die Finger hinterlassen, wenn man etwas berührt, sollen angeblich bei jedem einzigartig sein. Im Fall Charlotte Carpenter wäre diese Neuerung äußerst hilfreich gewesen. Beim Durchwühlen der Wohnung hatte der Täter ganz sicher etwas angefasst.

Leider ist die Technik noch nicht so ausgereift, dass sie uns helfen würde. Ich sehe es ja schon als Fortschritt an, dass man den Todeszeitpunkt und die Todesursache relativ genau bestimmen kann. Ginge man fünfzig Jahre zurück, war das sicherlich auch noch nicht so leicht.

Inzwischen haben wir schon so viele Leute befragt, dass mir von den ganzen Informationen der Schädel schwirrt. Hadley verfolgt im Moment die heißeste Spur, die wir haben: die Verehrer der Toten. Davon gibt es zu viele, wenn man mich fragt. Die

Liste muss irgendwie eingegrenzt werden.

Hadleys Gespür ist berüchtigt, deshalb war ich so froh, als ich ihm zugeteilt wurde. Ich weiß nicht, ob Schuld einen Geruch hat, der an dem Täter haftet, jedenfalls scheint Hadley immer zu wissen, wenn er den Falschen verhaftet. Das war bei Duncan Nightham so, ebenso bei Brandon Nightham. Bei William Alderten war er sich nicht so sicher, was ich durchaus verstehen kann. Irgendeine Schuld haftet garantiert an dem Kerl, aber auch die Schuld des Mordes?

Hadley ist der Überzeugung, das Motiv für den Mord ist klassische Eifersucht. Es hatte nichts mit dem geheimen Verhältnis zwischen Susanne Edith Alderten und Brandon Nightham zu tun. Auch nicht mit dem Zwist zwischen den beiden Familien. Es ging auch nicht um Geld oder sonstige materielle Güter. Obwohl der Täter ja irgendwas in der Wohnung gesucht hatte, war es dabei aber nicht um Wertgegenstände gegangen.

Eifersucht ist vermutlich das Älteste aller Motive. Eifersucht gibt es in tausenden Varianten, nicht nur die Eifersucht in Sachen Liebe. Neid zählt ebenso hinein und hat einen großen Anteil an unserer Arbeit. Was Menschen anderen alles missgönnen, kann ich unmöglich aufzählen.

Die gefährlichste Eifersucht ist allerdings sehr wohl die liebesbezogene. Ganz gefährlich sind die betrogenen Ehefrauen. Aber auch von zurückgewiesenen Männern geht eine Gefahr aus, die man als Frau nicht unterschätzen sollte.

Um unsere ellenlange Liste zu kürzen, fingen wir mit der einfachsten Frage an: Wer hat ein Alibi? Dazu mussten wir all diese Männer aufsuchen und befragen. Es dauerte ewig. Irgendwann sagte ich schon nur noch immer wieder das Gleiche. Wie ein aufgesagtes Gedicht rezitierte ich mich selbst immer wieder.

Erhofft hatten wir uns davon, den sprunghaft angewachsenen Verdächtigenkreis etwas einzudämmen. Und bekommen hatte ich einen handfesten Hinweis. Dank der Mithilfe von Byron McLoad wussten wir nun, wer Charlotte Carpenter offensichtlich als Letzter lebend gesehen hatte: Jack O'Neil. Er war kurz vor Ladenschluss als Letzter noch dort gewesen und danach hatte man sie nicht mehr gesehen. Byron McLoad sagte zwar auch, Jack sei einige Minuten später wieder im Büro gegenüber gewesen, das heißt aber noch lange nicht, dass Jack O'Neil unschuldig ist.

Hadley war zufrieden mit meiner Arbeit. Ich hatte den Namen des neuen Hauptverdächtigen gefunden und er schrieb ihn an unsere Tafel. Daran standen schon Duncan und Brandon Nightham, beide durchgestrichen, William Alderten, nur dünn durchgestrichen, Bürgermeister Eltringham, durchgestrichen ... Wie frustrierend!

Jack O'Neil ist morgen Früh der Erste, den wir aufsuchen und auf unsere Wache bringen werden. Dann sollte sich zeigen, ob wir diesmal den Richtigen haben. Eigentlich dürfte es genügen, Hadley einen Blick auf den Mann werfen zu lassen, aber darauf werden unsere Vorgesetzten und der Anklagevertreter nichts geben. Die brauchen wasserdichte Protokolle und schlussendlich ein abgerundetes Bild.

09. August

Jack O'Neil

(Assistent von Byron McLoad)

Oh Charlotte, wo auch immer du bist, ich hoffe, dir geht es besser als mir. Heute Morgen wurde ich wegen deines Todes verhaftet. Ich sitze in einer kleinen Zelle und versuche zu begreifen, wie es dazu kommen konnte. Ich hätte dir doch nie etwas getan. Wieso auch? Gerade jetzt.

Laut Aussage von Inspector Hadley gehöre ich zu denen, die um dich warben. Von meinem Fenster im Büro aus hatte ich den ganzen Tag freien Blick auf den Eingang deines Ladens, das bestreite ich nicht. Ich streite auch nicht ab, dass ich all die vielen gutgekleideten Männer sah, die zu dir gingen. Jeden hättest du haben können und ich bildete mir nicht ein, mit ihnen mithalten zu können. Mir fehlt das Geld, um eine Frau wie dich glücklich machen zu können.

So dachte ich in all der Zeit, die ich verstreichen ließ, ohne dich anzusprechen. Ein Gespräch über das Nötigste hinaus, wenn ich bei dir einkaufte, dafür fehlte mir der Mut. Nun bereue ich es. Nicht weil Inspector Hadley sonst wüsste, dass ich kein Motiv habe, dich zu töten, sondern weil mir die Zeit nicht zurückgegeben wird, die ich ungenutzt ließ. Zeit, die ich mit dir hätte verbringen können. Tage, Wochen, Monate … Wir hätten so viel tun können, doch taten wir gar nichts, weil ich mich nicht traute.

Erst am Abend deines Todes, als dein Laden verlassen war und niemand da, der uns hätte stören können … Niemand, der mich hätte auslachen können für meinen kläglichen Versuch … Erst da traute ich mich. Zitternd und schwitzend vor Angst fragte ich dich stotternd nach einer Verabredung.

Und du stimmtest zu!

Ich glaubte, mich verhört zu haben, und fragte noch einmal nach. Lachend bestätigtest du erneut. Vor Aufregung setzte mein Herz einen Moment aus und schlug dann wild weiter, sodass ich es in meinen Ohren pochen hörte. Es schlug nur für dich so laut. Nur deines schlägt nicht mehr. Ich gäbe all meine verbliebenen Herzschläge, wenn deines nur wieder schlüge und du mich noch einmal anlächeltest.

Leider bleibt uns dieser Wunsch verwehrt und ich muss mich damit abfinden, ein Dasein ohne dich zu fristen. Ohne je zu wissen, ob wir glücklich geworden wären. Ohne auch nur zu ahnen, ob du ein Leben mit mir hättest führen wollen.

Stattdessen werde ich für deinen Tod bestraft, während der Schuldige frei bleibt. Vielleicht sitze ich auch vorsorglich im Gefängnis fest, denn spätestens dann, wenn ich deinem Mörder gegenüberstehe, werde ich selbst zum Mörder. Wie konnte er nur solch Liebreiz aus dem Leben reißen?

Da ich permanent auf meiner Unschuld beharrte, stellte Inspector Hadley eine Frage, die ich gern nicht gehört hätte: Woher wusste ich von deinem Tod? Vermutlich dachte er, ich würde dabei etwas preisgeben, das mich überführt, doch dem war nicht so. Ich fand die Frage nur so scheußlich, weil sich mir ein Bild eingebrannt hat. Byron hatte mir von deinem Tod erzählt und noch immer habe ich dein Bild vor Augen. Ich kenne die Treppe in deinem Haus und meiner Phantasie fällt es entsetzlich leicht, das grausame Bild deines toten Leibes mit dem vertrauten Anblick der Stufen zu verbinden. Jedes

Mal, wenn ich die Augen schließe, sehe ich vor mir, wie du dort liegst. Tot und bleich. Vielleicht mit aufgerissenen Augen voller Entsetzen, weil niemand da war, der dir hätte helfen können.

Oh Charlotte, was gäbe ich nicht alles dafür, um dorthin zurückzureisen und zur Stelle zu sein? Entgegen all meinen Sorgen war dir der materielle und gesellschaftliche Stand eines Mannes gar nicht wichtig. Du blicktest tiefer unter die Oberfläche eines Menschen. Was hast du zuletzt gesehen? Musstest du wirklich einem solchen Monster begegnen? Hätte ich es nicht irgendwie verhindern können? Vielleicht wenn ich länger geblieben wäre?

In dem Verhör warf Inspector Hadley mir vor, mit meinem Stand keinen Eindruck bei dir schinden zu können. Ich lachte, als er das sagte, denn das waren ja auch meine Sorgen gewesen. Ich erzählte ihm von deiner Reaktion. Ins schönste Theater des Landes wollte ich dich ausführen, auf die teuersten Plätze, mit Übernachtung im edelsten Hotel! All meine Ersparnisse hätte ich für dich hergegeben. Doch die wolltest du nicht. Ein Picknick mit meinen Lieblingsspeisen auf dem Hügel am Fluss … Das war dein Wunsch. Ich glaubte, du würdest mich veralbern, doch dir war es ernst damit, obwohl du mich auslachtest. Meine allerliebsten Lieblingsspeisen sollte ich mitbringen.

Seit ich an dem Abend von dir ging, überlegte ich, was ich dir alles mitbringen sollte. Ich hatte schon eine Liste, was ich einzukaufen hätte. Auch eine Decke und ein Strauß Blumen stehen für dich darauf.

Die Liste steckte in meiner Tasche. Ich zeigte sie Inspector Hadley, aber ich bat ihn, sie mir nicht wegzunehmen. Ich halte mich daran fest. In den dunkelsten Stunden der Nacht, wenn nicht mal mehr mein Schatten bei mir ist, dann halte ich den Zettel fest in meinen Händen, träume dich zu mir und plötzlich ist es hell um mich herum. Wo auch immer du gingst, wo auch immer du standest - überall, wo du nur warst, schien die Sonne heller und kein böser Gedanke hatte noch Kraft, im Kopf eines Anwesenden zu verweilen. Du brachtest das Licht des Lebens in jeden, der dich nur ansehen durfte.

Meine Charlotte, ich vermisse dich.

William Alderten

(Gutsbesitzer)

Hochmut kommt vor dem Fall ... So heißt es seit jeher. Ich hätte darauf hören sollen.

Adeline war nicht zurückgekehrt, wie ich geglaubt hatte. Stattdessen sah ich sie zwischen Freunden stehen, als ich mich heimlich zur Beerdigung dieser Charlotte Carpenter geschlichen hatte. Mein fester Glaube daran, Adeline brauche mich und wäre hilflos ohne mich, war bekehrt worden. Sie braucht mich nicht. Ich habe in ihrem Leben absolut keinen Wert. Mein Vermögen, mein Titel, mein Ansehen, meine gesellschaftliche Stellung - nichts kann ihr etwas bieten, das sie begehrt.

Bei unserem letzten Streit hatte sie gesagt, Sue sei der einzige Grund für sie gewesen, mich noch zu ertragen. Nun ist Sue fort und Adeline hat keinen Grund mehr, bei mir zu bleiben. Ich hatte alles getan, ihr ein angenehmes Leben zu bieten, doch das ist ihr offenbar nicht genug. Sie will mehr. Sie will etwas, das ich ihr nicht geben kann.

Nur was? Jetzt hat sie nichts. Sie lebt als

Schnorrer bei Heather Wilkinson und Neele Blackford. Ewig werden die sie nicht bei sich behalten. Arbeit hat Adeline nicht und wird sie vermutlich auch nicht so leicht finden. Wovon will sie denn leben? Von der Freiheit? Viel Erfolg. Das werden dürftige Mahlzeiten.

Von Sue habe ich auch noch nichts gehört, dabei war ich mir bei ihr ebenso sicher, sie würde umgehend zurückkehren, wenn ihr bewusst wird, was sie aufgegeben hat. Aber auch ihr scheint in meinem Hause etwas zu fehlen. Es ist mir unbegreiflich. Sie hatte ausreichend Nahrung, exquisite Kleider, eine Gouvernante für ihre Bildung und alle Freiheiten, die sie sich wünschen kann. Ist es da zu viel verlangt, etwas Gehorsam zu erwarten, wenn ich ihr versichere, in ihrem Interesse und zu ihrem Wohlergehen zu entscheiden? Bedeutet mein Wort denn gar nichts?

Offensichtlich war sie zu sehr von Adeline beeinflusst worden. Sie hatten sich beide für die Freiheit in Armut entschieden, so sollten sie frei und arm sein.

Die Freiheit wollte ich Adeline heute Morgen allerdings nehmen. Ich fuhr in die Stadt und seit wir die ersten Menschen erblickten, drehten sie sich nach mir um. Anfangs fiel mir das nicht auf, erst als auf einem recht großen, freien Platz alle Menschen stehenblieben und in meine Richtung starrten. Das Leben fror ein, nur weil ich dort entlangfuhr.

Wie konnte das denn sein? Die Stadt kennt doch meine Kutsche. Sie ist etwas Besseres als die meisten anderen, die man hier herumfahren sieht. Aber sie ist nicht so außergewöhnlich, dass es die Reaktionen der Leute erklärt hätte.

Mein erster Termin am Morgen war die Bank. Auch dort ahnte ich noch nicht, was mir bevorstand, obwohl sich das Bild der Szenerie nicht von der Straße unterschied. Ich betrat das Gebäude und sofort herrschte gespenstische Stille. Man hätte eine Nadel mit schallendem Echo fallen hören können. Das war ungewöhnlich. Normalerweise werden an den vielen Schaltern immer so viele Menschen gleichzeitig bedient, dass es ein einziges Summen aus Stimmen im Hintergrund ergibt. Nicht so heute Morgen.

Bei meinem Ansprechpartner der Bank wollte ich Geld loswerden. Nein, ich wollte keines haben, ich wollte welches abgeben. Darüber sollten Banken sich freuen, aber heute Morgen war nichts, wie es hätte sein sollen. Man verweigerte mir die

Einzahlung meines Geldes. Das hatte es noch nie gegeben und meine Verwirrung wuchs exponentiell an. Was war denn nur in die Leute gefahren?

Ein kleiner Junge gab mir vor der Tür der Bank die Erklärung.

„Mama, das ist der Mann aus der Zeitung!", rief er. Eigentlich sagte er es nicht laut, aber bei der anhaltenden Stille um mich herum war es laut genug für jeden zu hören. So auch für mich.

Dass etwas in der Zeitung über die Aldertens geschrieben steht, ist keine Seltenheit. Dass dieser Artikel solche Reaktionen hervorruft, ist allerdings sehr neu.

Dem musste ich auf die Spur gehen und ließ meinen Kutscher im nächsten Geschäft die Zeitung kaufen, die mir diesen Unfug erklären musste.

Die Schlagzeile bezog sich auf Charlotte Carpenter. Ich überflog ihn, aber da stand nichts über mich, nur über die Frau.

Schon auf der zweiten Seite lachte mich allerdings ein Bild von mir an. Die große und fette Überschrift: *Eine Ehefrau packt aus - die Wahrheit über William Alderten.*

Mein erster Gedanke: Gott, verfluche dieses

Weib!

Da ahnte ich aber auch noch nicht, was mich erwartete. Ich weiß wirklich nicht, woher die das alles weiß, aber hier stehen Dinge geschrieben, die unter keinen Umständen bekannt werden durften. Namen, mit denen ich Geschäfte machte, die ich nicht hätte machen dürfen. Details zu illegaler Gelderwirtschaftung ... Das ist mein Ruin!

Noch konnte ich es vielleicht aufhalten. Ich wollte meine Frau für meinen Ruf opfern und wegen Verleumdung anzeigen. Dafür ignorierte ich sogar die gleichen Reaktionen im offiziellen Polizeigebäude wie auf der Straße.

Ausgerechnet dieser lästige Inspector Hadley bearbeitete den Fall und ließ mich in seinem Büro setzen. Das Erste, was er auf meine Forderung hin sagte, war der Rat, es nicht noch schlimmer zu machen. Was sollte ich davon denn halten? Ich ahnte noch immer nicht mal in meinen kühnsten Träumen, was mir der Tag noch brachte.

In Inspector Hadley sah ich nicht nur Stolz für einen solchen Fang, sondern jede Menge Schadenfreude, als er mir alles haarklein berichtete. Adeline hatte ihn vorgewarnt. Er hatte schon am

Vorabend Bescheid gewusst und dafür gesorgt, dass niemand fliehen konnte. Das schloss den Fotografen ein, der für mich pornografische Darstellungen herstellt, ebenso den Mann, der die Bilder verkauft, eine gewisse Provision für sich behält und den Rest auf mein Konto zahlt. Dazu zählte der Mann, der mir beim Schmuggeln von Alkohol hilft, und der Mann, den ich für grobe Arbeiten bezahle. Will jemand partout nicht auf mich hören, schicke ich diesen Hünen los, um die Zustimmung zu holen. Bisher mit hundertprozentiger Erfolgschance. Außerdem stehen in der Zeitung die Adressen dreier Bordelle, die mir gehören und jede Menge Geld einbringen. Auch dort hat die Polizei in den Morgenstunden offizielle Durchsuchungen verrichtet.

„Die Liste ist lang", erklärte Hadley. Für die Anklage war sogar ein Anhang beigefügt worden, weil nicht alles in das Formular passte, mit dem die Polizei die Vorgänge ans Gericht übergibt.

Seine Kollegen waren just in dem Moment dabei, mein Haus zu durchsuchen. Genau wie dutzende andere Häuser und Wohnungen meiner Kontakte. Adeline hatte ihm genügend Beweise übergeben, um die Durchsuchungen zu rechtfertigen.

Im gleichen Haus, in dem ich mich im Moment

der Befragung befand, saß auch das ganze Kartenhaus aus Illegalitäten, Korruption und Erpressung. Es war zusammengestürzt und im Angesicht der erdrückenden Beweislast ist sich jeder selbst der Nächste. Der Fotograf saß gerade nebenan und legte ein umfassendes Geständnis ab. Er beschuldigte mich gleich noch, ihn dazu genötigt zu haben.

Nun sitze ich in einer Zelle, aus der ich vermutlich nicht so schnell wieder herauskommen werde, und denke an meine Familie. Adeline und Sue haben sich beide von mir abgewandt. Wo auch immer Sue gerade ist, hoffe ich, sie liest diese Zeitung nicht.

Die Zeitung ist alles, was mir geblieben ist. Ich halte sie in der Hand und ein Name grinst mich spöttisch an: Heather Wilkinson. Ich kenne die Frau. Eine Freundin von Adeline, die schon häufig bei uns zu Besuch war.

Ihr gehört diese vermaledeite Zeitung!

Ich dachte immer, Adeline und ihre Freundinnen unterhalten sich über Mode, Haus- und Handarbeit. Völlig unwichtiges Zeug. Die Themen von Frauen eben. Nie im Leben hätte ich geahnt, dass sie sich so in meinen Geschäften auskennen.

Etwas weiter hinten in der Zeitung, als es wieder um diese Charlotte Carpenter geht, erfuhr ich dann, dass ich dieses Blatt jahrelang unterstützt habe. Eine Zeitung, die Frauen zur Revolution gegen die Herrschaft der Männlichkeit aufruft, und ausgerechnet ich habe die unterstützt?!

Meine Frau gehört zum Freundeskreis von Heather Wilkinson, das wusste ich. Ich hatte jedoch keine Ahnung, dass die in Zusammenarbeit mit Neele Blackford, Witwe Barlow, Adeline und Scarlett Wright die Zeitung herausbringt. Scarlett auch noch!? Die Gouvernante meiner Tochter?! Noch so ein Weib, das mich von vorn bis hinten ausgenommen hat?!

Ich kann nicht glauben, dass ich so blind war.

In all den Jahren hatte ich nicht mal erahnt, dass sich Adeline so sehr nach Gleichbehandlung sehnt. Dass sie dickköpfig ist, das weiß ich nur zu genau. Aber dass sie mehr Respekt von mir erwartet hat, das hatte ich nicht gesehen und kann auch jetzt nichts finden, wo ich ihr gegenüber den Respekt verloren hatte. Sie ist meine Ehefrau und als solche respektiere ich sie. Auch das scheint ihr nicht genug. Hätte ich sie wie einen Mann behandeln sollen? Sie arbeiten lassen für jeden Penny? Sie in meine für sie langweiligen Geschäfte einbeziehen? Was genau verlangt sie denn von einem Ehemann?

Noch nie zuvor habe ich mir die Frage gestellt, was eine Frau wollen könnte, weil ich nie auch nur auf die Idee kam, sie könnte außer ihrem Ehemann noch andere Wünsche haben. Mir ist nie auch nur in den Sinn gekommen, Adelines Ziel im Leben könnte mehr beinhalten, als meine Ehefrau zu sein. Und nun werde ich lange dafür büßen. Nicht nur die garantiert folgende Bestrafung durch ein Gericht, auch den totalen Ruin meines Ansehens und gesellschaftliche Ächtung muss ich hinnehmen. Und auch den endgültigen Verlust meiner Familie muss ich akzeptieren. Adeline und Sue – keine der beiden wird je zu mir zurückkehren.

Scarlett Wright

(Gouvernante für Sue Alderten)

Was für ein Erfolg.

Kenneth Hadley war eben bei uns und erzählte uns, dass William Alderten und all die anderen in Gewahrsam der Polizei sind. Der Frauenanteil der freien Stadt dürfte soeben drastisch gestiegen sein und ich freue mich wahnsinnig darüber. Ein Denkmal für Charlotte, an das man sich noch lange erinnern wird, so war es geplant und so ist es gekommen.

Leider liegt in Charlotte aber auch die Kehrseite dieses Tages. Kenneth Hadley hat uns nicht nur über Williams Entsetzen unterrichten wollen, sondern auch über einen Mann, den er wegen des Mordes an unserer Freundin verhaftet hatte. Alles spräche gegen ihn sagte er, aber ich sah ihm an, dass er zweifelte. Irgendwas passte für ihn eben doch nicht ganz zusammen.

Natürlich wollten wir wissen, wer es denn nun war. Den Namen kennen wir alle gut.

Jack O'Neil.

Inspector Hadley hatte ihn kaum ausgesprochen, da schnappten wir synchron nach Luft. Charlotte hatte den Namen oft erwähnt.

Ich kann mir das nicht vorstellen! Wieso sollte er?! Noch bei der Beerdigung hatte er mir von seinen Gefühlen für sie erzählt. Ich hatte zwar Charlottes Seite für mich behalten, weil ich glaubte, das wäre in dem Moment zu schmerzhaft für ihn gewesen. In keiner einzigen Sekunde hätte ich geglaubt, er könnte ihren Tod verursacht haben! Mit welchem Motiv denn?

Zurückgewiesene Liebe, lautete die Antwort von Kenneth Hadley, die wir auf den Punkt hätten widerlegen können, aber nicht widerlegten. Wir als Charlottes Freundinnen wussten, dass sie genau diesen einen Mann nicht zurückgewiesen hätte.

Fürs Erste behielten wir unsere Meinungen aber für uns. Sollte sich herausstellen, dass es doch Jack O'Neil gewesen war, der unsere Freundin so brutal von uns gerissen hatte, würden wir ihm kein Argument der Verteidigung liefern.

Wir baten Inspector Hadley, ihn sehen zu dürfen. Er stimmte nur einem Besucher zu und das Los fiel auf mich, nachdem ich mich zur Beerdigung so gut mit ihm verstanden hatte. Ich bin die Einzige unter uns, die diesen Mann überhaupt schon kennengelernt hatte. Wir hofften, mir würde nicht entgehen, wenn er lügt.

Das musste er nicht mal, um seine Unschuld in meinen Augen zu beweisen. Es bedurfte nicht eines Wortes. Inspector Hadley führte mich zu der Zelle, in der Jack O'Neil gefangengehalten wurde. Direkt neben ihm saß William Alderten, mein Arbeitgeber, doch der interessierte mich nicht. Der war mir nicht mal einen Gedanken wert, obwohl er aufsprang, als er mich sah. Er glaubte wohl, ich käme zu ihm. Vermutlich dachte er, ich würde Adelines Entschuldigung überbringen, doch darauf kann er lange warten.

Ich beachtete ihn nicht und stellte mich ganz nah an die Gitter, die einen weichen Mann zu einem Gefangenen machten. Jack saß in einer Ecke auf dem Boden. Er hatte sich zusammengekauert, hielt ein Stück Papier in der Faust und rührte sich nicht. Im Gegensatz zu William Alderten interessierte sich Jack überhaupt nicht für den Besucher. Er hatte aufgegeben, so sah es für mich aus. Resigniert würde er jedes Urteil annehmen, nur weil es ihm egal schien.

Nein!

Unter keinen Umständen ist das ein Mörder!

Ich sagte leise seinen Namen und er zuckte. Offenbar erkannte er meine Stimme, nur ansehen mochte er mich nicht.

Noch einmal sagte ich seinen Namen und bat ihn, mit mir zu reden. In meinem Herzen kam so viel Mitleid für den armen Kerl auf, dass ich mich nicht halten konnte. Einen Mörder sah ich dort nicht in der Ecke sitzen, nur einen Mann, der sich mit Selbstvorwürfen quälte. Vorwürfe, die gar nicht nötig sind, wie ich weiß.

Langsam und stockend hob er den Kopf. Seine Augen waren rot und blutunterlaufen.

„Sag es mir ins Gesicht", verlangte ich flüsternd. Mir war kaum möglich, die Bitte meiner Freundinnen noch zu überbringen.

„Ich hab sie nicht getötet", versicherte er ohne einen Ton. Kein einziges Wort verließ seinen Mund, nur die Lippen bewegten sich und eine Träne rann seine Wange hinab.

Ich soll verdammt sein, wenn das eine Lüge war. Ich glaube ihm jedes nicht ausgesprochene Wort. Er hatte Charlotte kein Haar gekrümmt.

Ich hockte mich nah an die Gitterstäbe und reckte meine Hand nach ihm aus. Er sah nur auf meine Finger und rührte sich nicht. Erst als ich ihm versicherte, ich glaubte ihm, nahm er meine Hand, rutschte auf dem Boden näher zu mir heran und ließ all seine Verzweiflung fließen. Einen Mann, der so bitterlich weint, hatte ich noch nie gesehen. In dem Moment war und bin ich mir absolut sicher, zwischen Charlotte und Jack - das war die eine Liebe, auf die Charlotte gewartet hatte. Das war die einzige Liebe, die die beiden je hätten haben können.

Und nun war sie fort und Jack am Ende. Ich kenne diesen Schmerz nur zu gut. Wenn man das Gefühl hat, einem ist ein Teil des eigenen Selbst genommen worden. Als würde die Sonne nie wieder scheinen. Als würde man nie wieder lachen können. Als würde man nie wieder Glück empfinden können. Als wäre man von nun an bis in alle Ewigkeit zum Leiden verurteilt.

Daran ist nicht alles falsch, aber im Laufe der Zeit lernt man, sich auch an anderen Dingen zu erfreuen und ein Leben ohne den Rest seiner Seele zu leben. Mein Geliebter ist in jedem Augenblick bei mir, wenn er auch nicht neben mir steht. Irgendwann wird auch Jack das so sehen können und sich auf ein Wiedersehen nach diesem Leben freuen.

Um ihm etwas zu geben, an dem er sich festhalten kann, erzählte ich ihm von Charlottes Gefühlen. Ich erklärte ihm unseren Glauben an die eine Liebe, die Gott uns auswählt, und dass Charlotte diese eine Liebe in Jack gesehen hatte. Sie hatte immer darauf gewartet, dass er seine Schüchternheit überwindet und sie anspricht. Für mich als Freundin von Charlotte ist es ganz besonders schön zu wissen, dass Jack diesen Schritt noch gewagt hatte. Charlotte war mit der Gewissheit aus dem Leben geschieden, dass sie geliebt wurde. Wo auch immer sie nun ist, weiß sie, auch ihr hatte Gott eine Liebe zugedacht, war sie auch von kurzer Dauer im Diesseits. Umso blühender wird sie im Jenseits werden, sagte ich zu Jack und fing ihn auf in seiner Verzweiflung.

Erst dann verließ ich ihn mit dem Versprechen, ihm zu helfen. Mein erster Weg führte natürlich zu Kenneth Hadley, dem ich sagte, nie und nimmer habe Jack O'Neil den Mord an Charlotte Carpenter begangen. Das konnte der Inspector natürlich nicht als gegeben hinnehmen und er fragte mich, wie ich zu diesem Urteil käme. So erzählte ich auch ihm, dass Charlotte keinen Grund hatte, Jack von sich zu weisen. Ganz im Gegenteil. Ich kann mir lebhaft vorstellen, wie sie jauchzend durch ihr Haus getanzt war, nachdem Jack gegangen war. Er hatte erzählt, sie waren für das kommende Wochenende zu einem Picknick verabredet gewesen. Bis dahin hätte Charlotte die ganze Stadt auch bei Nacht mit Helligkeit durch ihr glückliches Strahlen versorgen können.

Inspector Hadley nahm meine Aussage auf, ich unterschrieb sie und muss nun einen Weg finden, Jacks Unschuld zu beweisen. Vielleicht sollten wir Neeles Bruder doch zu uns bitten.

Noch ist jedoch keine Anklage erhoben worden. Inspector Hadley ist selbst nicht ganz überzeugt und wird erst noch weitere Beweise suchen. Er sucht etwas, das er nicht finden wird. Er sagte aber auch, er wisse nicht, wie lange er die Überstellung von Jack ans zuständige Gericht noch aufhalten könne. Ein Anwalt wäre gut. Es bleibt uns also nicht viel Zeit, Neeles Bruder zu kontaktieren und zu bitten, uns zu helfen.

Heather Wilkinson

(Leiterin der örtlichen Frauenrechtsbewegung)

Scarlett kehrte vom Gefängnis zurück und brachte auch noch Inspector Hadley mit. Der hätte ruhig einige Minuten später nachkommen können. Adeline, Witwe Barlow, Neele und ich saßen wie auf heißen Kohlen. Nur eine von uns hatte sich dem vermeintlichen Mörder unserer Freundin stellen dürfen.

Eigentlich hatte ich genau diese Aufgabe übernehmen wollen, seit man Charlotte gefunden hatte. Scarlett war in diesem speziellen Fall aber die Richtigere. Sie hatte schon Kontakt zu Jack O'Neil geknüpft und konnte ihn vielleicht eher durchschauen.

Das Ergebnis wollten wir natürlich alle wissen und stürmten zur Tür, als es klopfte. Und dann stand da Hadley hinter Scarlett und zwang uns zur Zurückhaltung.

In der Theorie vielleicht. Kenneth Hadley gehört eindeutig zu den Männern, von denen die Welt mehr gebrauchen könnte. Er belächelte uns zwar, wie wir krampfhaft versuchten, Scarlett nicht mit Fragen zu bombardieren, aber er ließ uns diesen Moment. Wir durften Fragen stellen, die gar nicht nötig waren. Scarlett erzählte von sich aus, dass sie Jack O'Neil nicht für den Mörder hält. Sie sagte es mit so viel Überzeugung, dass ich keinen Zweifel hege. Wäre sie unsicher gewesen, hätte sie das auch gesagt, aber sie ist absolut überzeugt von der Richtigkeit ihrer Aussage. Näheres werden wir erfahren, wenn Inspector Hadley fort ist.

Der war ja aber nicht ohne Grund mitgekommen. Diesem Grund widmeten wir uns bei einer gemeinsamen Tasse Tee im Wohnzimmer, wo wir bequemer sitzen konnten.

Auch er hatte schon Zweifel an Jack O'Neils Schuld gehabt, die von Scarlett untermauert worden waren. Wir anderen konnten guten Gewissens bestätigen, dass Charlotte Jack nicht zurückgewiesen hätte. Sie hatte ja lange genug auf eine Einladung von ihm gewartet. Mit dem Temperament, das eben zu mir gehört, erzählte ich, wie ich schon drauf und dran gewesen war, selbst diesen mysteriösen Mann aufzusuchen, um ihm den Kopf zu waschen. Charlotte hatte mich gebeten, das nicht zu tun. Sie wünschte sich, dass er sich um ihretwillen seiner

Angst stellt. Und das hatte er getan, wenn auch zu spät für eine gemeinsame Zukunft.

Hadley ist ein guter Mann, den ich ausnahmsweise mal gern unterstütze. Er sah verzweifelt aus und sagte auch, ihm gingen die Verdächtigen aus. Er hatte eine ellenlange Liste mit Verehrern zusammengestellt, die alle ein Motiv haben. Die meisten sind verheiratet oder haben ein Alibi. Beide Ausschlusskriterien bereinigen die Liste quasi auf Null. Einige wenige bleiben über, aber zu viele, um einen konkreten Verdacht formulieren zu können.

Der Hauptgrund für Jacks Verhaftung war seine nachgewiesene Anwesenheit am Tatort. Er ist derzeit der Letzte, der Charlotte noch lebend gesehen hatte, von dem wir wissen. Deswegen kann Inspector Hadley ihn auch nicht einfach gehen lassen.

„Fangen sie von vorn an", empfahl ich, denn das hilft mir bei komplizierten Themen auch immer weiter. Manchmal verstrickt man sich selbst in Nebensächlichkeiten und verliert den klaren Blick fürs Wesentliche. Dann kann es durchaus hilfreich sein, noch mal alles aus dem Kopf zu löschen und den Hergang von vorn aufzubauen.

Dafür bin ich, beziehungsweise sind wir Freundinnen, die besten Ansprechpartner. Wir kennen Charlotte wie kein anderer.

In diesem Zuge erzählte ich Hadley auch von dem Bruder, der gar nicht existiert. Sein Kommentar dazu: „Das habe ich nicht gehört." Damit war die Sache vom Tisch.

Er fragte nach eventuellen Feinden Charlottes, doch da fiel uns keiner ein. Kein konkreter Name, mit dem sie Streit gehabt hätte. Die ein oder andere Ehefrau dürfte nicht begeistert von Charlotte gewesen sein, aber die meisten wussten doch, dass Charlotte ledig war und bleiben wollte. Offiziell wenigstens. Von ihr war für keine Ehefrau irgendwann einmal eine reelle Gefahr ausgegangen. Außerdem wusste Hadley, musste der Täter ein Mann sein.

Da fiel uns gleich gar keiner ein. Sie hatte schon als Mädchen viele Verehrer gehabt und das hatte sich mit dem Erwachsenwerden nicht geändert. Charlotte hatte Männer angezogen wie das Licht die Motten. Genau deshalb kann ich mir auch nicht vorstellen, dass einer von denen wirklich ihr Leben beendet hätte. Es waren Schwärmereien, mehr nicht.

Kein Grund für irgendwen, gleich einen Mord zu begehen. Sie hatte ja niemandem Hoffnungen gemacht und ihn dann fallenlassen. Niemandem außer Jack hätte sie ein persönliches Treffen zugesprochen. Welcher vernunftbegabte Mann sollte sich also etwas eingebildet haben?

Hadley fragte weiter nach eventuellen Geheimnissen, die sie gekannt haben könnte, die irgendwem nicht gefielen, der sie dann zum Schweigen gebracht hatte. Das war für mich auch unlogisch, denn wenn Charlotte ein Geheimnis anvertraut worden war, dann hätte sie es unter Folter nicht preisgeben.

Besondere Wertgegenstände fielen uns auch nicht ein, die ein Dieb hätte aus der Wohnung stehlen können. Erst jetzt erfuhren wir, dass die Wohnung über dem Laden durchwühlt worden war. Wir fünf Damen starrten allesamt an Hadley vorbei und überlegten, was es so Wertvolles dort gegeben haben könnte. Sie hatte keine geheimen Barrücklagen, die es zu stehlen lohnen würde. All ihr Geld lag bei der Bank, bis auf einige Pfund im Laden, aber da hätte man die Wohnung nicht durchsuchen müssen. Wertvollen Schmuck oder Sonstiges besaß sie auch nicht. Sie war nicht arm, aber auch nicht so reich, dass es einen Mord wert gewesen wäre.

„Die Brosche", fiel mir plötzlich ein. Charlotte besaß eine Brosche ihrer Mutter, die sie nie trug. Das Schmuckstück lag in einem Kästchen, gebettet auf Samt wie auf einem Schrein. Meist lag daneben die goldene Taschenuhr ihres Vaters. Manchmal hatte Charlotte sie herausgenommen und pendeln lassen wie ihr Vater früher, wenn Charlotte nicht einschlafen konnte. Später, nach dem Tod von Charlottes Eltern, hatte meine Mutter oft das Pendeln übernommen, wenn Charlotte schreiend aus einem Albtraum aufgeschreckt war. Die monotone Bewegung des glänzenden Goldes hatte sie und auch mich immer beruhigt.

Für Charlotte sind es emotional kostbare Schätze. Der tatsächliche Warenwert rechtfertigt allerdings keinen Mord. Andererseits ist kein Gegenstand der Welt kostbar genug, um ein Menschenleben aufzuwiegen. Unabhängig davon, ob es sich um einen guten Menschen wie Charlotte handelt oder einen bösen Mann wie William Alderten.

Inspector Hadley versprach uns jedenfalls, nach diesen beiden Schmuckstücken Ausschau zu halten. An das Kästchen erinnerte er sich, nachdem ich es ihm beschrieben hatte. Die goldene Taschenuhr eines Mannes wäre ihm in einem reinen Frauenhaushalt auch sofort aufgefallen. Vielleicht hatte er sie nur übersehen, denn Sinn ergab der Diebstahl nicht. Wer diese beiden Stücke stiehlt, hätte auch den Rest nicht liegenlassen. Beim Pfandleiher hätte man für alles zusammen immerhin ein paar Pfund dafür bekommen.

Wie ich schon mal gedacht hatte, fiel mir auch immer noch kein Grund ein, wieso man Charlotte überhaupt hätte töten sollen. Bei einem Überfall hätte sie freiwillig allen Schmuck herausgegeben, nur um ihr Leben zu schützen. Es gibt einfach kein Motiv, das ich mir vorstellen kann. Bei meiner Phantasie soll das schon etwas heißen.

Mit den leider sehr spärlichen Informationen mussten wir Inspector Hadley gehen lassen. Mein Rat an ihn war klar: Er sollte nach Hause gehen und ein paar Stunden schlafen. Spät genug war es auf jeden Fall. Es würde ihm guttun, mal etwas Abstand zu gewinnen und dann weiterzudenken. Ein müdes Hirn ist zu keinen Glanzleistungen fähig.

Auch für uns war es eigentlich längst an der Zeit, in den Betten zu liegen. Neele und ich hatten uns ein schönes Haus gekauft. Es ist geräumig, doch im Moment wirkt es eng. Witwe Barlow ging nach

Hause in ihr eigenes Bett, der Rest bleibt vorerst bei uns. Scarlett und Adeline werden irgendwann in Charlottes Haus ziehen, doch fürs Erste müssen wir zusammenrücken. Vermutlich wird mir etwas fehlen, wenn es plötzlich wieder so leer ist im Haus. Andererseits werde ich die Zweisamkeit mit Neele ganz anders zu schätzen lernen.

Elizabeth Hadley

(Frau des Inspectors)

Seit Tagen sehe ich meinen Mann nur noch morgens, wenn er das Haus verlässt. Ehe er zurückkehrt, ist es mitten in der Nacht und ich schlafe schon. Das Essen steht auf dem Tisch und wartet auf ihn, wenn er heimkommt. Bisher fand ich es jeden Morgen unberührt.

Der Fall Charlotte Carpenter macht ihm zu schaffen. Morgens erfahre ich einiges über die Sackgassen, in denen er steckte. Jeden Tag ist es eine andere. Inzwischen hatte er sich schon mit William Alderten und dem Bürgermeister Lee Eltringham anlegen müssen. Man verlangt von ihm Ergebnisse, aber ermitteln darf er bitte nur im unteren Bevölkerungsteil. Die Oberschicht soll er unberührt lassen, dabei ist das unmöglich, wie ich weiß. Wenn ihn die Hinweise in die Oberschicht führen, dann muss er denen doch nachgehen.

Heute Morgen war er nicht daheim gewesen. Sein Bett war gemacht, das hieß, er war nicht mal nach Hause gekommen. Als Ehefrau eines Polizisten muss ich mit der Angst leben, dass ihm etwas zustößt. Wenn er die ganze Nacht wegbleibt, gebe ich mir selbst Trost in der Hoffnung, dass man mich bereits aufgesucht hätte, wenn etwas passiert wäre. Gibt es also keine Nachricht, dann geht es ihm gut, hoffe ich.

Im Laufe des Tages schaute Constable George mit einer Nachricht vorbei. Er sagte, meinem Mann ginge es gut und er wüsste nicht, ob er es heute Abend nach Hause schaffen würde. Nachdem ich die Zeitung gelesen hatte, wusste ich auch, wieso er vermutlich wieder nicht heimkommen wird. Es ist viel im Gange in unserer Stadt dieser Tage.

Umso erstaunter war ich natürlich, als er schon kam, während ich noch ein Buch las. Ich war bereits im Bett, aber noch nicht eingeschlafen.

Ich hörte seine unverwechselbaren Schritte auf der Treppe in unser Schlafzimmer hinauf und freute mich, ihn zu sehen. An den Schritten erkannte ich aber auch, dass er geschafft und völlig am Ende mit den Kräften war.

Ich legte mein Buch zur Seite und empfing ihn. Er ließ sich nur auf einen Sessel fallen und sah rund zehn Jahre älter aus als bei unserem letzten Treffen.

Ich zog ihm die Stiefel aus und ging nach unten, um ihm eine Kleinigkeit zu essen zu holen. Er brauchte etwas Nahrung und freute sich. Jedes Mal, wenn ich ihm meine kleinen Kuchen vorsetze, lächelt er das spitzbübische Grinsen eines kleinen Jungen. Dann zeigen sich Grübchen in seinen Wangen, die außer mir niemand zu sehen bekommt. Die meisten kennen ihn nur mit Furchen auf der Stirn, aber die wischt er weg, wenn er in dieses Haus kommt. Dann lächelt er eigentlich fast immer.

An diesem Abend will ich dieses Lächeln, das die Sorgen der Arbeit einfach nur wegschiebt, nicht sehen. Ich hatte das Gefühl, er müsste dringend über etwas reden. Irgendwas war vorgefallen an diesem Tag und ich wollte wissen, was es war.

Da bekam ich zum ersten Mal eine Zusammenfassung über alles, das den Fall betrifft. Normalerweise darf er mir so was ja gar nicht im Detail erzählen, solange die Ermittlungen nicht abgeschlossen sind, aber ich versprach ihm, es würde niemand erfahren, und er sollte die Chance nutzen, sich alles von der Seele zu reden und einen unbefangenen Zuhörer und Mitdenker zu haben.

Und das tat er. Schon nach ein paar Minuten hatte ich völlig den Überblick verloren und musste

Nachfragen stellen, die ihm halfen, alle Informationen im Kopf zu sortieren und neu anzuordnen. Auch Querverbindungen zeigten sich bei dem Gespräch. Einiges schrieb er sich gleich auf, das er dann morgen weiterverfolgen will.

Aber irgendwann scheine ich eine merkwürdige Bemerkung gemacht zu haben. Welche genau, kann ich nicht mal sagen, solange Kenneth nicht zurückkehrt und mir sein Verhalten erklärt.

Ich schlug ihm vor, die Presse einzubeziehen. Es würde doch wohl möglich sein, irgendjemanden zu finden, der gesehen hatte, wer nach Jack O'Neil noch das Haus der Toten betreten hatte. Oder irgendein anderer Hinweis. Ich sagte, vielleicht weiß ja jemand etwas, das er gar nicht für wichtig hält. Vielleicht hatte der Mörder die fehlende Brosche und die Taschenuhr verkauft und jemand würde sie anhand der Beschreibung wiedererkennen? Vielleicht erinnerte sich auch jemand an eine Kutsche, die an dem Abend vor dem Haus stand? Irgendeine wichtige Information, dessen sich derjenige gar nicht bewusst ist. In den Zeitungen fand man ja nichts, nicht mal den ungefähren Todeszeitpunkt, also wie sollte derjenige ahnen, dass sein Wissen wichtig ist? Wer sollte sich melden, dass er nachts einen weiteren Besucher gesehen hatte, wenn niemand weiß, ob Charlotte Carpenter nicht schon am frühen Abend starb? Oder erst in den frühen Morgenstunden?

Und plötzlich, ohne den kleinsten erkennbaren Grund, sprang Kenneth vom Sessel auf und stürmte aus dem Haus. Seine Stiefel hatte er noch geschnappt und versuchte, sie hüpfend auf der Treppe anzuziehen. Der würde noch stürzen, dachte ich erschrocken. Nur einen Moment zuvor hatte er sich eine Gabel voll in den Mund geschoben. Er kaute noch und sagte kein Wort.

Nur einige Sekunden später hörte ich die Haustür ins Schloss krachen.

Auf die Erklärung bin ich gespannt. Ich werde warten, bis er zurückkehrt und mich informiert. An Schlaf muss ich nicht mal denken, denn in meinem Kopf gehe ich unser Gespräch immer und immer wieder durch. An was hat er plötzlich gedacht, das ihn dem Täter auf die Spur brachte?

Auflösung

Wer bis hierher gelesen hat, müsste wissen, woran Inspector Kenneth Hadley so plötzlich dachte. Es bedurfte nur eines kleinen Hinweises seiner Frau, um den Täter zu kennen.

Auf den nächsten Seiten folgt nun die Auflösung. Wer diese nicht lesen möchte, sollte also nicht umblättern.

Die Theorie

Zu Beginn eine Liste sämtlicher Beteiligten:

William Alderten
Adeline Alderten
Sue Alderten
Scarlett Wright
Duncan Nightham
Emily Nightham
Brandon Nightham
Jack O'Neil
Lee Eltringham
Byron McLoad
Finnegan McLoad
Heather Wilkinson
Neele Blackford
Witwe Barlow
Kenneth Hadley
Elizabeth Hadley
Constable George
Sergeant Edward
Sarah

Nun können wir die Liste ein wenig bereinigen. Zum Beispiel können wir grundsätzlich alle Frauen ausschließen, da Kenneth Hadley vom Bericht des Arztes erzählt. Bei dem Kraftaufwand und der Größe der Hand- und Schuhabdrücke muss es sich um einen Mann als Täter handeln.

William Alderten

Duncan Nightham

Brandon Nightham

Lee Eltringham

Byron McLoad

Finnegan McLoad

Jack O'Neil

Kenneth Hadley

Constable George

Sergeant Edward

Das sieht schon besser aus. Nun können wir einen weiteren Personenkreis ausschließen: die Polizei. Theoretisch könnte natürlich auch einer von ihnen der Mörder von Charlotte Carpenter sein, aber wir setzen ihre Unschuld einfach mal voraus. Entgegen der zu dieser Zeit durchaus üblichen Korruption im Staatswesen sollen die beteiligten Polizisten tatsächlich rechtschaffen auf der Suche nach dem Mörder sein. Außerdem wissen wir von Sergeant Edward, dass er die Tote nicht kannte. Inspector Hadley gilt als der beste und ehrlichste Ermittler. Und Constable George ist ebenso wie Hadley auf der Suche nach der Wahrheit, nicht nach Sympathiepunkten.

Dann bleiben noch:

William Alderten

Duncan Nightham

Brandon Nightham

Lee Eltringham

Byron McLoad

Finnegan McLoad

Jack O'Neil

Es bleiben sieben Männer übrig, die als Täter infrage kämen. Sowohl Jack O'Neil als auch Brandon Nightham fehlt es an einem Motiv. Der eine war verliebt in Charlotte Carpenter, die dieses Interesse auch erwiderte. Es gab also keinen Grund für Jack O'Neil, sie zu töten. Gerade jetzt, da sie sich annäherten.

Brandon Nightham war ein Freund von Charlotte, der sogar sein Geheimnis mit ihr teilte. Laut Heather Wilkinson, die Charlotte gut kannte, hätte sie dieses Geheimnis nie ausgeplaudert. Es gab also keinen Grund für Brandon Nightham, irgendeinen Groll gegen Charlotte zu hegen.

Auch Bürgermeister Eltringham können wir von der Liste streichen, denn auch ihm fehlt es an einem Motiv. Sein Alibi ist wenig aussagekräftig, ebenso wie bei Brandon Nightham, aber Lee Eltringham ist verheiratet. Er hatte also ganz sicher keine Motivation, Charlotte zu ehelichen.

Byron McLoad

Finnegan McLoad

Duncan Nightham

William Alderten

Da sind es nur noch Vier. William Alderten hat ein Alibi für die Nacht, wenn auch kein frommes. Laut Tagebucheintrag von Inspector Hadley muss der Täter noch eine Menge Zeit in der Wohnung von Charlotte Carpenter verbracht haben, um so ein Chaos zu stiften und zu finden, was er offenbar suchte. Das hätte William Alderten nicht schaffen können zwischen dem Besuch bei Sarah und dem Frühstück in seinem Haus mit seiner Familie.

Finnegan McLoad war zum Zeitpunkt des Mordes noch gar nicht in der Stadt.

Byron McLoad

Duncan Nightham

Es bleiben noch zwei Kandidaten übrig. Zwei Männer, die als Täter infrage kämen. Inspector Hadley kann ja aber nicht beide anklagen, es muss einen eindeutigen Täter geben. Und das ist Byron McLoad.

Wieso?

Im ersten Tagebucheintrag von Byron McLoad spricht er von der Treppe, an der Charlotte Carpenter gefunden wurde. Auch Jack berichtet später, wie Byron es ihm erzählte. Bis zum Schluss hat Inspector Hadley aber keine Details bekanntgegeben. Niemand wusste, dass Charlotte an der Treppe gefunden wurde. Erst am Ende gibt Elizabeth Hadley ihrem Mann den Rat, die Presse einzubeziehen, um so eventuell noch Hinweise zu bekommen. Vorher wusste von den genauen Umständen des Todes nur die Polizei. Und der Täter ...

Tagebuch der Schuld

(Byron McLoad)

Das ist nicht möglich! Nein, das kann einfach nicht sein! Unmöglich!

Es fällt mir schwer zu verstehen, dass Jack O'Neil mich überführte. Ich kann nicht begreifen, dass dieser Wurm, der nichts besitzt, das über sein nacktes Leben hinausgeht, mir in den Rücken fällt. Mir! Ich trage einen Namen, den man weithin kennt, ich verfüge über ein großes Vermögen und eine Klientel, die dieses Vermögen stets mehrt. Jack gab ich etwas davon ab, half ihm, als er Hilfe brauchte, und er hätte weiterhin gutes Geld bei mir verdient.

Und doch sitze ich nun hier. In einer kleinen Zelle neben dreckigen Gaunern. Kurz zuvor saß Jack noch genau hier auf diesem Stuhl.

Ich verstehe es nicht! Wieso verrät er mich?

Ich bin mir sicher, er dachte sich nichts dabei. Der denkt sowieso selten nach, führt nur Befehle aus.

Inspector Hadley erzählte, Jack hätte ihm berichtet, wie ich ihm von Charlottes Tod erzählte. War das mein Fehler? Es wird auf jeden Fall meine

Strategie der Verteidigung werden. Ich bin Anwalt – ein guter – und werde mich mit dem Argument hier rauskämpfen, dass Jack mich damit nur belasten will. Einen stichhaltigen Beweis gibt es für meine Schuld ja nicht, hoffe ich.

Zum Glück liegen die Brosche und die Taschenuhr gut versteckt, wo sie hoffentlich niemand findet. Außer mir und Finnegan kennt niemand das Geheimfach hinter dem Bild in meinem Büro. Ich muss nur dafür sorgen, dass es auch ein geheimes Fach bleibt.

Schlau genug, die beiden Sachen nicht gleich zu verkaufen, war ich ja. Vielleicht hätte ich sie ganz liegenlassen sollen, aber es war das Wertvollste, das ich fand.

Irgendwas scheine ich Jack gegenüber erwähnt zu haben, das ich hätte für mich behalten sollen. Nur was?

Ich hatte doch alles so gut durchdacht!

Jack schickte ich an dem Abend extra kurz vor Ladenschluss hinüber. Das hatten genügend Leute gesehen. Seine Anwesenheit am Tatort ist damit bewiesen. Er lebt allein, also kann ihm auch für später niemand bescheinigen, dass er woanders war.

Zum Abschied fragte ich ihn, ob er etwas vorhabe. Nein, sagte er. Er wolle direkt nach Hause.

Er ist doch der perfekte Verdächtige! Vor allem seit ich weiß, er machte sich Hoffnungen auf eine Zukunft mit Charlotte. Mehr denn je ist er prädestiniert für den Sündenbock. Wieso sitze ich dann im Gefängnis?

Mich sah niemand über die Straße huschen. Es war schon dunkel und in den meisten Fenstern die Lichter erloschen. Alles war still und ich schlich durch den Hintereingang in den Laden. Charlotte bemerkte mich erst, als ich schon die Treppe hinauf gestiegen war. Noch nie zuvor sah ich sie nicht lächeln. Für jeden lächelte sie, doch nicht für mich an diesem Abend.

Schon einen Tag zuvor war ich bei ihr gewesen. Am frühen Abend, kurz bevor sie den Laden schließen wollte. Ich bot ihr eine Verabredung an. Sie konnte sich doch glücklich schätzen, einen Mann wie mich zu kriegen.

Es ist undenkbar, aber sie lehnte tatsächlich ab! Ich erklärte ihr, ich würde eine ehrbare Frau aus ihr machen. Sie bräuchte nicht mehr zu arbeiten, das gehört sich doch auch nicht für eine Frau. Sie sei so zart, sagte ich, dass die schwere Arbeit nicht gut für sie sei.

Sie lachte mich aus!

Das hatte ich noch nie erlebt! Sie lachte mich tatsächlich aus!

„Ich *will* selbst arbeiten", betonte sie amüsiert. Unabhängig wolle sie sein und für sich selbst sorgen.

Unfug!

Eine Frau sorgt für sich selbst, das geht doch nicht!

Mit allem Charme versuchte ich, sie zu überzeugen, zur Vernunft zu kommen. Die Leute redeten ja schon über sie. Auch das war amüsant für sie und noch lange kein Grund, meinte sie. Es sei völlig egal, was andere über sie dachten.

„Und außerdem", sagte sie und lehnte sich gemütlich gegen einen Tisch. „Über die Familie McLoad hört man auch einiges."

Damit fing es an. Statt die vielen Verdienste meiner Familie anzuerkennen, zog sie über die wenigen Verfehlungen her. Mein Großvater kehrte als Kriegsheld heim, mein Vater ist ein hoher Richter in London, mein Bruder leistet seinen Dienst für die Krone als Offizier und mein Onkel betreibt eine der wichtigsten Werften des Landes. Nicht wenige der Kriegsschiffe werden bei ihm gewartet. Und ich ... Tja, ich bin ein Anwalt, den man von Nord nach Süd kennt.

All das ist bedeutungslos für Charlotte Carpenter. Sie kannte die Geschichte meines Cousins aus der Cleveland-Street. Sie wusste von meiner Mutter im Irrenhaus und von meiner Großmutter, die den Freitod meinem Großvater vorzog. Sie wusste von meiner geplatzten Verlobung vor zwei Jahren. Sie wusste einfach alles. Und statt sich ihres Geschlechts entsprechend ruhig und sittsam zu verhalten, warf sie mir all das an den Kopf. All die Schattenseiten auf meiner Familie. Noch schlimmer! Sie drohte, einen Artikel in ihrer Zeitung darüber zu schreiben, wenn ich mich nicht von ihrem Laden fernhielte. Unglaublich, sie sprach diese Drohung mit dem Lächeln aus, das alle an ihr liebten!

Das kann ich mir natürlich nicht gefallen lassen. Ich bin schließlich ein McLoad.

Noch in der gleichen Nacht plante ich alles. Ich musste unter allen Umständen verhindern, dass sie das Wissen in irgendeinem Klatschmagazin veröffentlicht. Was wäre wohl aus meinem Vater geworden? Und die Werft? Und meinem Ansehen? Nein, das durfte nicht geschehen.

Ich kam besonders spät erst ins Büro und schickte Jack hinüber, um im Notfall jemanden zu haben, dem ich alles anhängen könnte. Wer braucht schon einen Jack O'Neil? Auf den kann man doch leicht verzichten, nur auf mich nicht.

In dieser Nacht lächelte Charlotte Carpenter nicht für mich. Sie wusste, ich war nicht gekommen, um mit ihr zu reden. Ganz im Gegenteil. Ich wollte sie für immer zum Schweigen bringen. Mit Entsetzen im Blick rannte sie zum Fenster. Sie hatte es schon geöffnet und holte Luft, um nach Hilfe zu rufen, doch ich hielt ihr von hinten den Mund zu. Sie trat mich und konnte sich befreien. Auf ihrer Flucht und in dem folgenden Kampf ging einiges in ihrer Wohnung zu Bruch. Eigentlich sollte das etwas unauffälliger vonstattengehen.

Schlussendlich stürzte sie die Treppe hinab. Erwürgen hatte ich sie wollen, ganz still, und die Leiche verschwinden lassen. So, wie es in der Wohnung aussah, hätte aber niemand geglaubt, dass sie einfach weggegangen war. Also stiftete ich noch etwas mehr Unordnung und nahm die einzigen wertvollen Schmuckstücke an mich, um auf einen Raub zu deuten. Oder irgendjemanden, der in ihrem Haus etwas gesucht haben könnte. Notizen über den angedrohten Artikel fand ich keine.

Ein Detail scheine ich nicht bedacht zu haben. Irgendeine Kleinigkeit muss ich übersehen haben. Aber ich wäre kein Anwalt, wenn ich mich dem nicht stellen könnte. Welche Beweise auch immer Hadley glaubt, gegen mich in der Hand zu haben, ich werde alles mit den Texten unseres Gesetzes zerfetzen.

Wie konnte mein Leben nur so einen Knick machen? Ein angesehener Mann mit Vermögen und einem landesweit bekannten Namen bin ich und werde von einem störrischen Weib und einem Wurm ins Gefängnis gebracht!

Wie konnte das nur passieren?